# LES CONTES

## ET

## FABLES INDIENNES

### DE BIDPAÏ ET DE LOKMAN

*TRADUITES*

D'Ali Tchelebi - Ben - Saleh,
Auteur Turc.

*OEUVRE POSTHUME.*

## Par M. GALLAND.

*SECONDE PARTIE.*

R. 3041
1.

## A PARIS,

Chez G. CAVELIER, fils, rue S. Jacques,
près la Fontaine saint Severin,
au Lys d'or.

## M. DCC. XXIV.

*Avec Approbation & Privilege du Roy.*

# LES CONTES

## ET

# FABLES

## INDIENNES,

### De Bidpaï & de Lokman.

*Traduites d'Ali Tchelebi-ben-Saleh, Auteur Turc.*

## SECONDE PARTIE.

L E fourbe Demneh vouloit que son absence de la cour du lion pût servir à ce qu'il méditoit ; lorsqu'il crut qu'il y

A

avoit affez longtemps qu'il ne
paroiffoit pas, il fe rendit au palais, & il affecta de demeurer
parmi la foule des courtifans. Le
lion qui l'apperçut le fit approcher, & fe plaignit de fa negligence, en lui difant qu'il avoit
tort d'avoir été tant de temps
fans fe faire voir. Demneh répondit feulement par des fou-
haits pour fa fanté, & pour la
profperité de fon regne. Il me
paroît, dit le lion, que tu es
trifte & affligé: Peut-on fçavoir
de toi ce qui en eft la caufe?

Sire, répondit l'artificieux
Demneh, l'on n'eft pas maître
d'empêcher que les chagrins que
l'on a ne paroiffent à l'exterieur;
mais il y en a dont les caufes ne
doivent pas être expofées publi-
quement. Le lion connut à ces
paroles que Demneh vouloit lui

parler en particulier, il fit retirer les animaux qui étoient préfens, & il le retint feul auprès de lui : Je vois, lui dit-il, que tu as quelqu'avis de confequence à me communiquer , & j'ai à me plaindre de ton retardement après la connoiffance que j'ai de la part que tu prens à mes interêts. Dis-moi promptement ce qu'il y a ? La remife d'un feul jour, en quelqu'affaire que ce ce foit , peut caufer de grands malheurs. Parle, & ne differe pas davantage à me découvrir ce que je fouhaite d'apprendre.

Demneh fut ravi de voir le lion dans ce fentiment, & dans cette impatience : Sire , dit-il, lorfque l'on a une méchante nouvelle à annoncer à celui qui a intereft de l'apprendre , on ne

fçauroit fe munir de trop de précautions, parce qu'il n'eft pas à
propos de réveler inconfideré-
ment, ce qui ne doit pas être
écouté avec plaifir. L'intereffé
doit auffi connoître parfaitement
celui qui a un femblable rapport
à lui faire, & difcerner s'il le fait
avec bonne intention, s'il en pré-
voit la fuite, & fi ce n'eft pas un
perturbateur ou un calomniateur. Mais votre Majefté, Sire,
doit être perfuadée que l'unique
but que je me propofe, eft de
lui donner des marques de ma
reconnoiffance pour toutes les
faveurs dont elle m'a comblé ; &
j'efpere qu'elle m'entendra avec
patience, particulierement en
ce qui regarde fes interefts les
plus importans, & ne doutera
pas de ma fincerité non plus que
de ma fidélité.

Tu sçais, reprit le lion, qu'il n'y a pas un Roy au monde, qui ait une plus grande réputation que moi, d'être sage & prudent, & que personne de tous ceux qui ont le même caractere que je porte, ne donne audience avec plus de bonté que je la donne à ceux qui s'adressent à moi. Tu peux donc sans autre préparation me déclarer avec confiance tout ce que tu voudras.

Sire, repliqua Demneh, j'ai voulu prendre cette assurance de votre Majesté, en lui demandant permission de lui parler librement, parce que je fais un grand fondement sur la pénetration, & sur les profondes connoissances qu'elle a, telles que tous les Rois devroient les avoir. Je suis son sujet, & en cette qualité je ne lui dirai rien

A iij

qui ne soit trés-veritable & trés-
sincere, & je la supplie de croire que je n'y mêlerai rien qui
doive lui donner le moindre
soupçon contre moi, & que ma
sincerité est aussi claire & aussi
manifeste que le soleil au milieu
du ciel.

Oui, je te le dis encore, lui
repeta le lion, je suis persuadé
de ta bonne-foi & de ta capacité, & je suis prêt de recevoir
tes conseils de bonne part, comme je les ai toûjours reçus.

Demneh aprés avoir prévenu
le lion par ces artifices & par ces
déguisemens : Sire, lui dit-il encore, il est certain que la conservation de tous les animaux dépend de la continuation de la
vie de votre majesté, & c'est
pour cela que ses sujets les mieux
intentionnez doivent lui dire la

verité, & l'aider de leurs bons
conseils en tout ce qui la regarde. Pour cette raison, les Sages
remarquent que celui qui cache
la verité à son Prince, sa maladie à son medecin, & sa pauvreté à ses amis, se rend coupable
& digne de mort.

J'ai éprouvé plus d'une fois,
dit encore le lion à Demneh, ta
foi, ta sincerité & ton zele, &
j'ai eu des témoignages de ta
droiture en plusieurs rencontres.
Dis-moi, sans plus hesiter, ce
que tu as à me communiquer,
afin que je voye les mesures que
j'aurai à prendre lorsque j'en
serai informé.

Demneh persuadé que le lion
étoit disposé à l'entendre, comme il le souhaitoit, s'expliqua
enfin sur la calomnie qu'il avoit
inventée contre Choutourbeh,

& lui dit avec effronterie : Sire,
la victoire soit inséparable de la
durée de votre regne. Je me sens
obligé de donner avis à votre
Majesté qu'elle a un ennemi
fort voisin & même domestique.
Mais, Sire, l'ennemi n'est pas
extrêmement redoutable, c'est
de Choutourbeh que j'entens
parler. Je sçai qu'il a eu des con-
ferences secrettes avec des Ge-
neraux de vos armées, & avec
quelques-uns de vos ministres.
J'ai, leur a t-il dit, éprouvé le
lion, j'ai examiné sa force, son
esprit & sa conduite. J'ai remarqué en tout cela beaucoup de
foiblesse. Ce n'est pas ce que je
m'en étois imaginé, ni rien qui
en approche, & je m'étois formé
là dessus un songe sans fondement. Sire, continua Demneh,
mon sentiment est que votre Ma-

jefté a paffé les bornes dans les
honneurs dont elle a comblé cet
ingrat, en l'affociant, pour ainfi
dire, à l'autorité Royale, par
l'abandon qu'elle lui a fait de
l'adminiftration de toutes chofes, & que le trop de confidera-
tio qu'elle a pour lui le porte à
la rebellion. C'eft où l'on vient
naturellement, quand on a de
l'ambition, dès que l'on fe voit
en quelque maniere le comman-
dement abfolu en main, & que
l'on eft arbitre également des
affaires fecretes & des affaires
generales. C'eft, comme dit un
habile Politique, un grand miracle s'il n'afpire à la puiffance
fouveraine, & ne fait perir celui
qui lui fait obftacle.

Le lion fut émû par ce difcours : Demneh, dit-il, ce que
tu viens de me déclarer me fur-

prend. Comment as tu découvert cette malignité de Choutourbeh, qui tend à une conspi-
ration? Qui te l'a apprise? Si la
chose est comme tu la racontes,
quel remede pourroit-on y apporter?

Demneh répondit assez lege-
rement sur les premieres demandes, assez neanmoins pour trouver de la creance dans l'esprit
du lion, déja occupé d'un mal
imaginaire qu'on lui faisoit craindre; il s'arrêta particulierement
sur la derniere: Votre Majesté,
poursuivit-il, ne manque pas de
lumieres pour remedier à un
semblable desordre. Lorsqu'un
Ministre est dans une situation
si avantageuse, qu'il est si riche,
si puissant & environné d'une
cour si nombreuse & si éclatante, que rien ne le distingue plus

d'avec le souverain, elle n'ignore
pas que le devoir d'un Monarque est non-seulement de l'éloigner de sa présence ; mais même
de le détruire, & de le faire
perir absolument. S'il ne le fait
pas, il court risque lui-même de
perdre ses Etats , & de les voir
passer en d'autres mains. Dans
la necessité pressante où se trouve votre Majesté , je n'ai pas la
capacité ni la présomption de lui
prescrire les mesures qu'elle doit
prendre. Elle connoît beaucoup
mieux que moi les moyens de
prendre les précautions les plus
convenables. Ce que je puis
entrevoir, c'est qu'elle doit songer à se défaire incessamment
de Choutourbeh ; le retardement de l'execution feroit que
dans la suite elle pourroit être
dans l'impuissance d'y réussir. Ce

n'eſt préſentement qu'un jeune
ſerpent, dont il faut écraſer la
tête, afin de ne pas lui donner
le temps de devenir dragon. En
ce monde, les uns ne ſont propres à rien, & les autres ſont
capables de toutes ſortes d'entre-
priſes. Les premiers ne prennent
pas d'interêt à ce qui ſe paſſe dans
le cours des affaires, & ils vivent
ſans ſoin de même que ſans chagrin. Les derniers ont de l'eſprit & de l'entendement, & ſont
prompts à prévoir les évenemens
de chaque choſe, & l'on peut
les conſiderer en deux manieres,
les uns comme partagez d'aſſez
de vivacité d'eſprit, pour prévoir les dangers longtemps avant
qu'ils y ſoient expoſez, & les autres, pour les appercevoir ſeulement, peu de temps avant qu'ils
arrivent. Ceux-là ſe mettent à

couvert de bonne heure pour ne pas être surpris, & ceux-cy à la préfence du danger, ne donnent aucun accès à l'épouvante. Voilà trois fortes de génies fur lefquels il faut bien faire réflexion. Les uns fons parfaitement éclairez, les feconds à demi éclairez, & les autres ignorans ou infenfez. Nous en avons un exemple en trois poiffons qui avoient chacun une de ces trois qualitez, & qui vivoient enfemble en un même étang. Le lion témoigna de la curiofité d'en apprendre les particularitez, & Demneh lui en fit le récit.

# LES
# TROIS POISSONS
## ET
# LES PESCHEURS.

## FABLE.

TRois poiſſons ſe trou-
voient dans un étang de
fort belle eau, éloigné des grands
chemins, près d'une riviere.
L'un avoit parfaitement de l'eſprit, le ſecond en avoit médio-
crement, & le troiſieme en étoit
entierement dépourvû. Des pêcheurs qui paſſoient le long de
l'étang les remarquerent par hazard, & comme ils étoient d'u-
ne groſſeur extraordinaire cha-

cun pour leur espece, ils résolurent de venir en faire la pêche le lendemain, ils le dirent même entre eux si hautement, que les poissons les entendirent. Celui qui avoit le plus de penetration, apperçut d'une seule vûe le danger où il étoit exposé, & prit d'abord le parti de se sauver, en s'évadant par la communication de l'étang avec la riviere, sans consulter ses compagnons sur ce qu'il avoit à faire.

Les pêcheurs arriverent le lendemain de grand matin, & boucherent d'abord deux endroits qui avoient communication avec la riviere. Le poisson qui avoit de l'esprit, mais qui manquoit d'experience necessaire pour s'en servir, se repentit de sa negligence, lorsqu'il vit que le danger étoit inévitable.

Mon malheur, dit-il, est extreme, d'avoir eu si peu de prévoyance. Je devois me délivrer de l'embarras où me voilà tombé, & suivre l'exemple de mon camarade, qui se sauva dés hier. J'eusse sauvé ma vie comme lui. Que n'ais-je remedié à cette disgrace avant qu'elle arrivât ? Helas ! Quel remede apporter à ce coup fatal ? J'en ai laissé passer le moment favorable. Puisque l'occasion est perdue, il faut neanmoins recourir à la ruse. Je sçay que les plus éclairez prétendent qu'il n'y a plus de conseil à prendre, lorsque le mal est présent, & que toutes les finesses ne servent plus de rien. Nonobstant cela je ne perdrai pas courage, & je veux tenter la fortune. En achevant ce raisonnement, il s'éleva au dessus de l'eau & fit le mort.

moit. Un des pêcheurs qui le vit
en cet état, & crut qu'il étoit mort
veritablement , peut-être il y
avoit déja longtemps, le prit & le
jetta sur l'herbe. Alors le poisson
ayant attendu que les pêcheurs
se fussent retirez , fit tant de sauts
en avançant vers la riviere ,
qu'il s'élança dedans & se sauva ;
joyeux d'avoir profité si heureusement de la maxime d'un Sage
qui a dit que pour se mettre en
liberté il falloit quelquefois mourir. Le troisiéme poisson insensé
& sans prévoyance , fit mille
tours de côté & d'autres, sans
sçavoir ce qu'il faisoit dans la
frayeur où il étoit. Tantôt il se
plongeoit jusqu'au fond de l'eau ,
tantôt il revenoit au dessus. A-
prés avoir fait longtemps ce ma-
nege en étourdy , il s'embarassa
enfin dans les filets des pê-

B

cheurs, & fut pris. Cet exemple, ajouta Demneh, doit faire
connoître à votre Majesté que
pour sa conservation & pour son
repos, elle doit se hâter de ravir
la vie à Choutourbeh, & d'ôter
le perfide de ce monde. Elle doit
le faire sans differer, elle en a
le pouvoir.

Je comprens tout ce que tu
viens de me dire, repartit le lion;
mais je ne puis me persuader que
Choutourbeh ait aucune pensée
de rébellion, & veuille manquer
de reconnoissance aprés tous les
bienfaits qu'il a reçûs de moi. Je
ne lui ai fait que du bien, & il
est comblé de témoignages de
ma bien-veillance.

Il est vrai, Sire, reprit Demneh, mais toutes ces faveurs ont
contribué à le rendre plus méchant, & l'engager dans l'esprit

de révolte. Il eſt de lui, de même que de ces plaies malignes,
qui ne guériſſent jamais pour
toutes les ſortes de remedes que
l'on y applique. Il eſt de ces
ſortes de malhonnêtes gens qui
ne témoignent du zele & de l'affection, qu'autant de temps qu'ils
eſperent d'arriver au degré qu'ils
ſe ſont propoſez ; mais qui aſpi-
rent à des choſes qui ne leur
conviennent pas, dés qu'ils ſont
en poſſeſſion de ce qu'ils ſouhai-
toient. Les Politiques diſent fort
à propos ſur ce ſujet, que ceux
qui ont l'ame baſſe & vile,
ſervent toujours entre la crainte
& l'eſperance ; mais dés qu'ils ne
voyent plus rien à craindre, &
qu'ils ſe croyent bien appuyez
qu'ils cherchent à troubler tout,
& à faire éclater leur ingratitude.

B ij

Demneh, demanda le lion, comment crois-tu qu'il faudroit se prendre, pour empêcher que ces sortes de gens ne devinssent ingrats ou rebelles ?

Sire, répondit Demneh, le Prince au service duquel ils sont, ne doit pas les regarder avec si peu de consideration, ni les priver tellement de ses bienfaits, qu'ils entrent dans le désespoir, & qu'ils aillent se jetter dans le parti de l'ennemi. D'un autre côté, il ne doit pas aussi les en combler avec tant de profusion, que la grandeur, le faste & l'ambition, les excitent à se méconnoître, à perdre le respect, & à prendre les armes contre leur souverain. Il faut que le Prince soit dans la réserve, & que le Ministre, dans l'attente continuelle de la récompense, soit

dans un équilibre parfait entre
la crainte & l'esperance. En voici la raison. C'est que le trop de
confiance engendre l'orgueil, &
l'orgueil la rebellion & l'ingratitude, & que le desespoir donne
de l'audace, qui renverse les
Empires les mieux affermis. Le
désespoir, dit un Poëte, est au-
dacieux, & se déchaîne en injures & entreprend toutes choses.
Ami, prens garde de ne me pas
réduire à cette extremité.

Non, reprit le lion, je ne puis
pas regarder Choutourbeh comme coupable; il m'a toujours
parû qu'il avoit le cœur trés-é-
loigné d'une méchanceté si noire. Il n'a pas l'intention dereglée
comme tu le prétens; j'ai eu
pour lui jusques à présent toute
la consideration possible, & je
lui ai fait plus de bien que je

n'en ai jamais fait à aucun de
mes Miniftres ; cheri , aimé ,
confideré & chargé fans ceffe
de bienfaits , comment fe pour-
roit-il faire qu'il eût conçû la
penfée de révolte , & de me faire
du mal ? Je ne puis croire que
tout ce que tu viens de me dire
ait aucun fondement.

Pour foutenir ce que Demneh
avoit avancé ; je répondrai à votre Majefté , dit il , qu'elle n'i-
gnore pas qu'une méchante con-
ftitution ne peut fe changer en
une parfaite fanté , & que des
mœurs perverfes & corrompues ,
ne peuvent fe transformer en des
mœurs louables & irréprocha-
bles. Toutes chofes retournent
à leur premier principe , & l'on
ne peut tirer d'un vafe , que ce
qui s'y trouve A ce propos , je
fupplie votre Majefté de me per-

mettre de lui faire l'hiſtoire d'un ſcorpion & d'une tortue dont je ne crois pas qu'elle ait entendu parler. Le lion lui dit qu'il l'écouteroit avec plaiſir.

# LA TORTUE

## ET

# LE SCORPION.

### *FABLE.*

UNE tortue & un ſcorpion, continua Demneh, avoient lié enſemble une amitié ſi étroite qu'ils étoient inſéparables, & & qu'ils ſe donnoient continuellement des témoignages d'une affection réciproque, la plus tendre qu'on puiſſe imaginer, une neceſſité preſſante les con-

traignit d'abandonner le lieu de
leur réfidence, ils partirent de
compagnie, & fe retirerent ailleurs. En leur chemin ils rencontrerent une riviere large &
profonde qu'il falloit paffer; cela troubla le fcorpion. La tortue
s'en apperçut : Cher ami, lui dit-
elle, il me femble que la vûe de
cette riviere vous embaraffe,
d'où vient que cela vous donne
du chagrin ? C'eft, répondit le
fcorpion, que je ne fçai point
nager, & que fi nous avons à la
paffer, je ne pourrai fouffrir notre féparation fans douleur.

Que cela ne vous chagrine
pas, repartit la tortue, mon dos
vous fervira de barque, & je
vous pafferai à l'autre bord,
non-feulement fans peine, mais
même avec plaifir. Raffurez-
vous donc, vous arriverez de
l'autre

l'autre côté faint & fauf. Je fuis
du fentiment de ceux qui con-
noiffent bien la nature de l'amitié, & qui difent que la raifon
ne veut pas que l'on abandonne
à la moindre occafion, un ami
que l'on a eu beaucoup de peine
à acquerir; qu'il faut au contraire le conferver prétieufement par
tous les moyens imaginables. Elle prit donc le fcorpion fur fon
dos, & fe mit à traverfer la riviere à la nage.

Comme la tortue avançoit,
fes oreilles furent frappées d'un
bruit importun, caufé par le
fcorpion, elle lui demanda: Mon
frere, quel eft le bruit que j'entens? A quoi vous occupez-vous
là? Ma foeur, reprit le fcorpion,
j'éprouve la pointe de mon aiguillon fur l'écaille dont vous
êtes cuiraffée, & je voudrois

voir ſi je pourrois la percer. Vous
êtes un malhonnête, reprit la
tortue ; je ſouffre & vous êtes à
votre aiſe, & je vous prête mon
dos pour ſervir de pont, & cependant que je travaille à votre
conſervation en fendant l'eau,
vous cherchez à me donner la
mort. Eſt-ce-là l'action d'un amy
veritable ; non, c'eſt une perfidie épouvantable & digne de
châtiment, je ſçais bien que
vous pourrez me dire que vous
ne me faite point de mal, mais
quelle obligation ? Ne faites vous
pas tout ce qui eſt en votre pouvoir pour m'en faire, & ſi mon
écaille n'étoit pas impénetrable à
votre aiguillon & au venin qu'il
renferme, n'aurois-je pas déja
éprouvé toute la malignité de
votre intention ? Que jugeroit-
on de celui qui donneroit des
coups de poing contre un mur ?

Ne feroit on pas bien fondé, de croire qu'il brûleroit d'envie de l'abattre ?

Jamais, repartit le fcorpion, un deffein femblable à celui que vous vous imaginez ne m'eft venu dans l'efprit. Dieu m'en préferve. C'eft mon naturel de fraper de mon aiguillon, & j'en frape les pierres, & toute autre chofe, comme j'en frape votre dos. Mais mon intention n'eft pas de faire du mal, & fi j'en fais c'eft contre ma volonté.

Ce difcours fit faire de grandes réflexions à la tortue : Avoir de l'honnêté, dit-elle en elle-même, & de la confideration pour les méchans, & pour les malhonnêtes gens, c'eft cultiver une épine & nourrir un ferpent dans fon fein ; quelque foin que l'on apporte à la culture de

C ij

la colloquinte , jamais elle n'a la douceur de la canne de fucre , & toutes les épines ne portent pas des rofes. Les Sages ne fe font pas trompez , quand ils ont dit que les méchans naturelle-ment méchans , ne font jamais rien de bon , & qu'un ferviteur enclin à mal faire , ne fort du monde qu'après avoir payé fon maître d'ingratitude. C'eft en-fin fe jetter foi-même de la pouf-fiere aux yeux , d'efperer que des efprits fi pervers faffent ja-mais rien de bien. En même temps elle fe plongea dans l'eau & le fcorpion y refta & fe noya, & elle crut avoir fait une bonne ac-tion de lui avoir ôté le moyen de jamais faire mal à perfonne.

Cet exemple , continua Dem-neh , peut déterminer votre ma-jefté à faire une réflexion fé-rieufe fur l'inutilité des fervices

de Choutourbeh, de même que
sur toutes les méchantes qualitez
qui doivent le lui rendre suspeck
& méprisable, & ensuite à écouter les conseils de ceux qui font
profession de les lui donner since-
rement, & qui s'interessent en
tout ce qui le regarde. Elle se
repentiroit de ne l'avoir pas fait;
semblable en cela à un malade, qui pour avoir negligé &
méprisé les ordres de son medecin, en mangeant & bûvant à
son appetit, perd à la fin toutes
ses forces, & se voit en danger
de mourir. Lorsque l'on donne
conseil dans le même esprit que
j'ay l'honneur d'en user présentement envers votre Majesté,
l'on ne craint rien en disant librement son sentiment. Si l'on a
le chagrin de s'être expliqué
inutilement, au moins avec la

C iij

patience & le temps, on a la
confolation de voir par le fuccès
que l'on avoit raifon. On ne
peut pas reprocher à votre Majefté le défaut de lumiere en
tout ce qui eft de fon devoir.
Elle fçait très bien que les Rois
les plus à plaindre font ceux qui
ne prévoient pas de loin, les
fuites fâcheufes de certaines affaires ; qui regardent avec mépris les chofes qui leur font de
la plus grande importance , &
qui, lorfqu'il s'agit de diligence
pour remédier à quelque defor-
dre, fe laiffent conduire par les
confeils pernicieux de leurs Miniftres peu intelligens , & deviennent les victimes des fauffes
démarches qu'ils leur ont fait
faire. Un Sage parle aux Monarques, & leur dit : Pourquoi
vous déchargez-vous fur un autre d'un foin qui vous regarde ?

Pourquoi imputez-vous à d'autres la faute que vous faites vous-même ?

Demneh eut pouffé ce difcours plus loin ; mais le lion l'interrompit : Tu parles d'un ton un peu trop haut, lui dit-il, tu paffes même les bornes du refpect que tu me dois, comme cependant je t'ai donné la permiffion de me parler librement, je veux bien ne te rien dire de plus fâcheux. Mais, comme tu le prétens, fuppofons que Choutourbeh foit mon ennemi déclaré, dequoi eft-il capable ? Quel rifque puis-je courir ? Arrive ce qui pourra, j'en ferai un bon repas. Il vit d'herbe, & tous les animaux de pâturages, jufques aux cerfs dont la chair eft fi délicate, ne font faits que pour me fervir de nourriture, à moi

& autres femblables animaux
qui vivons de carnage. Qu'il foit,
robufte & vaillant autant qu'on
le voudra, peut-il feulement a-
voir la penfée de m'attaquer ?
Il fuccomberoit fous les efforts
de ma valeur, s'il ofoit l'entreprendre.

Votre Majefté, reprit Demneh, me permettra de lui dire,
qu'elle ne doit pas préfumer
qu'elle feroit un bon repas de
Choutourbeh, ni préferer fes
forces aux fiennes. S'il n'eft pas
en état de l'attaquer feul à feul,
qu'elle confidere dequoi il peut
être capable, à la tête d'une armée qu'il peut affembler. Je fçai
auffi de bonne part que c'eft un
grand magicien, qui n'excelle
pas moins dans fon art dangereux que les fameux Sam & Sa-
meri. Il eft encore à craindre

que les animaux qui veulent du mal à votre Majesté, ne se joignent à lui. Un seul, aussi vaillant qu'il soit, ne peut tenir tête à tant de monde : Si fort, si gros & si puissant que soit un éléphant, un moucheron, nonobstant sa petitesse, le renverse, & plusieurs fourmis ensemble, mettent un lion dans un grand embarras, lorsqu'elles se jettent sur sa peau.

Je veux croire, repartit le lion, que tu me parles avec bonne intention, & que c'est par une affection non dissimulée que tu me presses si vivement. Mais une chose me fait de la peine, pour en venir à l'execution ; lorsque j'ai donné accés à Choutourbeh auprés de ma personne, je lui ai donné en même temps mon estime. Je l'ai élevé au plus

haut degré où il pouvoit aspirer
& en l'élevant à la face de mon
conseil, j'ai fait connoître que
je lui avois donné mon cœur,
& que je le tenois pour le plus
sage, le plus fidelle, & le plus
affectionné de tous. Présentement, si par une action contraire
à tous ces égards que j'ai eus
pour lui, je détruisois tout ce
que j'ai fait, mes sujets auroient
sujet de murmurer de ce que
j'aurois manqué à ma parole, &
de m'accuser de legereté. Un
souverain doit être réduit à de
grandes extremitez, avant de
détruire l'ouvrage de ses propres mains.

De ce discours de votre Majesté, repliqua Demneh, l'on
doit tirer cette consequence,
qu'il ne faut pas hesiter de se
séparer d'un ami, au moment

que l'on s'apperçoit que d'ami il
est devenu ennemi. De telle
utilité qu'une dent ait été, l'on
ne fait pas difficulté de l'arra-
cher dès qu'elle est gâtée, sans
avoir égard à la liaison étroite
qu'elle a eue avec le corps. C'est
aussi pour la même raison que
l'on se prive des viandes, lorsqu'elles causent des humeurs
corrompues, quoiqu'auparavant
elles ayent contribué à la vie.

Le lion se rendit enfin aux in-
stances du vindicatif Demneh :
Eh bien, dit-il, c'en est fait, je
renonce absolument à l'amitié
que j'ai eue pour Choutourbeh,
je ne le verrai plus en aucune
maniere, & je suis d'avis d'envoyer un de mes seigneurs, pour
lui en faire la déclaration, & lui
signifier, qu'il peut se retirer où
bon lui semblera.

Demmeh ne s'accommoda pas
de cette réfolution du lion, il
craignit, s'il l'executoit, que
Choutourbeh n'apprît ce qui fe
feroit paffé, & qu'enfuite il ne
publiât de quelle part fon malheur feroit venu & ne découvrît
en même temps la calomnie &
le calomniateur. Pour l'en détourner : Sire, reprit-il, je re-
préfenterai à votre Majefté, que
ce qu'elle fe propofe n'eft pas
conforme aux regles. L'on a toûjours la liberté de faire ce que
l'on veut fur une affaire que l'on
tient cachée; mais on ne l'a plus
dès qu'elle eft divulguée. L'on
eft maître de dire ce que l'on n'a
pas encore dit, mais on ne peut
plus cacher ce que l'on a dit une
fois. Une parole lâchée ne re-
tourne plus à la bouche, ni une
fleche tirée à la corde de l'arc.

Un oiseau hors de sa cage ne se
reprend plus, quelque ruse que
l'on emploïe pour y parvenir. Les
Perses, par un de leurs proverbes,
marquent que ce que la langue
a une fois prononcé, est nud &
à découvert. La langue, selon
les Sages, est l'interprete du
cœur, & le cœur est souverain
dans l'Empire du corps. La parole est la chose la plus prétieuse
que le sein renferme, & c'est
un préservatif pour la vie, tant
qu'elle ne sort pas de la bouche;
mais dés qu'elle en est échapée,
il est fort incertain si elle réjoui-
ra le cœur, si elle fortifiera le
cerveau, ou si elle ne causera
pas des maux de tête, ou d'autres plus dangereux. En effet,
l'on a vu souvent par experience,
un mot lâché lorsqu'il falloit a-
voir la bouche fermée, causer

mille désordres , & que d'élo-
quens personnages se sont attiré
de très méchantes affaires , pour
avoir parlé mal - à - propos. De
plus , à considérer la parole par la
lumiere de la sagesse, l'on trou-
vera que si l'éloquence a de
grands avantages , elle est aussi
exposée à de grands inconve-
niens. Ce seroit peu de chose , si
l'on ne s'engageoit qu'à des inquiétudes , en parlant à contre-
temps , l'on y engage même sa
vie. Quoiqu'il en soit , ce qui
marque le danger où l'on s'ex-
pose en parlant , c'est que la parole est au vent dés que la langue a fait sa fonction. Si cela est,
Sire, dés que Choutourbeh aura
appris ce que votre Majesté pré-
end lui faire sçavoir , il em-
ployera peut-être son éloquence
à pervertir les seigneurs de vo-

tre cour , & se mettre à leur tête
contre votre personne, ou pour
le moins , il suscitera quelque
grande sedition. Les Politiques
bien éclairez ne punissent pas se-
cretement les crimes manifestes,
mais aussi ils ne punissent pas les
crimes cachez en public. Comme
la rebellion de Choutourbeh
n'est pas publique , il suffit de
ménager son châtiment d'une
maniere qu'il ne se fasse pas a-
vec éclat, & de longues formalitez.

Mais, objecta le lion, il est
contre la bienseance de faire la
justice par soi-même, & d'aba-
tre à ses pieds un favori sans aucune raison apparente. Les loix &
la prudence même , ne veulent
pas qu'un Roy donne des ordres
en l'air, ou qu'il donne la vie aux
uns , & condamne les autres

à la mort sans forme de procès.

Les souverains, répondit Demneh, n'ont pas besoin de plus fortes preuves, ni d'autres témoignages que de leur sagacité.
Lorsqu'un mal intentionné se
présente devant eux, ils doivent
jetter les yeux sur lui fixement,
& le bien examiner depuis les
pieds jusqu'à la tête. Alors ils
ne manquent pas de découvrir
leur méchanceté à leur contenance déconcertée. Que votre
Majesté en fasse la preuve sur
Choutourbeh, elle verra un
changement en toute sa personne, qu'il regardera à droite &
à gauche, devant & derriere,
& se mettra en même temps en
état de se battre.

J'approuve cet expedient, dit
le lion, j'examinerai Choutourbeh,

beh , & je ne douterai nullement de sa perfidie, à la moindre des marques que tu viens de m'indiquer.

C'est ainsi que Demneh anima le lion contre l'innocent Choutourbeh , & qu'il le fit résoudre à le perdre. Mais cela ne suffisoit pas , il falloit irriter aussi Choutourbeh contre le lion. Comme il ne pouvoit le voir sans en avoir la permission , après ce qu'il venoit de dire contre lui : Sire, dit-il au lion , si votre Majesté veut bien me l'ordonner , j'irai voir Choutourbeh , & je tâcherai adroitement de penetrer plus évant dans son dessein , afin de lui en rendre un compte fidelle. Il obtint ce qu'il demandoit , & après il alla trouver Choutourbeh en cachant sous un visage triste , la joie qu'il avoit en lui-même.

Choutourbeh qui croyoit que Demneh étoit toûjours de fes amis, & qui n'avoit pas le moindre foupçon de fa trahifon, le reçut avec un vifage ouvert, & lui dit : Il y a fi longtemps que je n'ai eu l'honneur de vous voir, que je m'imaginois n'eftre plus dans votre fouvenir, & que vous m'aviez mis au rang des morts. Ce n'eft pas ainfi qu'il faut agir avec fes amis.

En apparence, répondit Demneh, il eft vrai que j'ai peché contre les loix de l'amitié, en ne vous rendant pas ce devoir que je vous dois, non feulement en qualité d'ami, mais même votre trés-humble ferviteur. Je puis vous affurer neanmoins que je vous ai toûjours eu préfent à mon efprit, & qu'en cela je me suis parfaitement bien acquitté du devoir de notre amitié. Je n'ai pas aussi manqué dans ma retraite de faire des vœux pour l'augmentation de votre bonheur & de votre prosperité.

Dites-moi, je vous prie, lui demanda Choutcrbeh, quel motif vous a obligé d'abandonner le monde, pour vous jetter dans la solitude ?

Peut-on s'empêcher, répondit Demneh, de chercher la solitude pour azyle, lorsque l'on est esclave ; lorsque l'on n'est pas un moment sans crainte & sans danger, & que l'on est en des fraïeurs continuelles dans l'apprehension de perdre la vie ? N'approuvez-vous pas que l'on s'éloigne de la ruine dont on est menacé ? Levez-vous, dit un Sage, éloignez-vous du malheur qui peut

vous arriver de la fortune peril-
leufe où vous êtes ; fauvez-vous
où vous pourrez, & fi les pieds
vous manquent pour fuir bien
loin, retirez-vous chez vous, &
ne voyez perfonne.

De fi beaux fentimens me char-
ment, repartit Choutourbeh,
obligez-moi de vous étendre d'a-
vantage fur une matiere qui
m'eft fi agreable, afin que je
faffe plus de profit de votre ex-
hortation.

Six chofes au monde, reprit
Denneh, en continuant fon difcours avec la même diffimula-
tion, font accompagnées de fix
autres chofes. Les richeffes font
infeparables de la vanité ; l'aban-
donnement aux paffions dere-
glées eft fuivi d'afflictions ; la
compagnie des femmes, tire le
chagrin après foi ; la frequen-

tation des méchans le repentir :
la baffeffe de la naiffance donne lieu à des actions méprifa-
bles, & la cour des grands eft
remplie de perils & de malheurs.
Vous ne trouverez pas un riche,
qui enyvré de fes grands biens,
ne croye que tout lui eft dû,
qui n'afpire à fe faire chef de
parti, & qui ne caufe des fedi-
tions, fans que rien foit capable
de le détourner. Vous ne verrez prefque pas un feul de ceux
qui lâchent la bride à leurs paf-
ffions, qui ne periffent mifera-
ment. Peu d'hommes fe donnent
aux femmes, qui n'en ayent de
grands mécontentemens dans la
fuite. Tôt ou tard, l'on a à fe
reprocher d'avoir frequenté les
méchans. On ne s'attire que du
mépris & du blâme, par un trop
grand commerce avec les gens

de rien , & enfin il arrive rare-
ment que l'on se sauve de l'abî-
me caché sous la belle apparence du service des grands. Faites
état , dit un Auteur , que le service des Grands est une mer
remplie de crainte & de dangers , plus on y est engagé , plus
le risque que l'on y court est
grand.

A vous entendre parler sur ce
ton , dit Choutourbeh , je comprens que quelque mécontentement de la part du Roy vous a
rebuté, & vous donne de l'épouvante.

Excusez-moi , repartit Demneh, ce n'est pas cela : Tout ce
que je vous dis ici ne me regarde en aucune maniere. Je suis
au contraire touché pour l'amour
de mes amis , & particulierement pour l'amour de vous. C'est

à votre confideration que je fuis trifte & abbatu comme vous le voyez. Vous fçavez de quelle maniere nous avions commencé d'établir entre nous une bonne amitié, & tout ce que j'ai fait pour la cultiver, & pour correfpondre à celle que vous m'avez témoignée de votre côté. Ainfi, comme je ne puis me défendre de m'intereffer en tout ce qui vous regarde, je crois être obligé de vous rendre compte également, du bien & du mal, que j'entens dire de vous.

Choutourbeh allarmé & effrayé de ce difcours tiré de loin exprés pour l'épouvanter, dit à Demneh : Cher ami qui prenez tant de part à mes interêts, je vous conjure de ne me pas faire languir, dites-moi fans déguifement ce que vous fçavez.

J'ai entendu dire, reprit Demneh, & même à un Vizir digne
de foi , que le Roy parloit de
de vous un de ces jours ; Choutourbeh devient plus gras de
jour en jour , il est d'une grof-
feur si prodigieufe, qu'il a bien
de la peine à fe mouvoir. Il ne
fupportera pas longtemps une si
grande fatigue. Mais fa préfence & fon abfence en cette cour
me font égales, il m'importe peu
qu'il meure ou ne meure pas, A
quoi eft-il bon pour les affaires
de mes Etats? Pour dire le vrai ,
je ne croi pas qu'il foit propre à
autre chofe qu'à être mangé. Il
fera bon un de ces jours à en
faire un repas magnifique à toute ma cour. Le récit de cet entretien , continua Demneh, m'a
touché si fenfiblement , que je
fuis venu d'abord vous en faire
part ,

part , & vous faire connoître que je sçai obferver les loix de la fraternité, que nous avons contra-étée enfemble. Je vous dis librement en ami ce qui vous regarde, fans examiner fi la chofe doit vous plaire , ou ne vous plaire pas. Mais il me femble que cela doit vous faire réfoudre à prendre garde à vous, & à fonger aux moyens de vous garantir. Je ne doute pas que vous ne fçachiez bien vous tirer d'affaire , & que vous n'ayez plus d'une adreffe pour vous moquer du mauvais deffein que l'on a contre vous. J'efpere cependant que vous me fçaurez bon gré de l'avis que je vous donne.

Choutourbeh rappella en fa memoire les careffes que le lion lui avoit faites, & les marques

d'amitié qu'il en avoit reçûes :
Eft-il poffible, dit-il, que le Roy
parle de moi d'une maniere fi
outrageante ? Moi qui n'ai pas à
me reprocher le moindre endroit
par où l'on puiffe me foupçonner
de rebellion, ou la moindre défo-
beiffance à fes ordres, & qui ai
toute l'attache imaginable pour
fon fervice ? Pour ne pas men-
tir, je doute encore de la verité
de votre rapport, à moins que
mes envieux ne l'ayent emporté
par leur médifance, & qu'ils ne
fe foient liguez pour me perdre
en fon efprit. Si cela eft, il juge
de moi, comme il a eu occafion
de juger d'eux, qui l'ont fouvent abufé par leurs menfonges,
& qui lui ont donné plus d'une
allarme, en voulant fe révolter.
Il s'imagine qu'il en eft de même de tous ceux qu'il admet au-

près de lui. Voilà dequoi l'on est capable, lorſqu'on ſe laiſſe obſeder par les mechans. On interprete en mal toutes les actions des bons, leur droiture n'empêche pas que les mauvais ſoupçons n'offuſquent toûjours tout ce qu'ils font de bien. L'exemple de la prévention d'un canard eſt merveilleuſe ſur ce ſujet.

# LE CANARD
## ET
## LA LUNE.
### FABLE.

UNe nuit que la lune luiſoit, continua Choutourbeh, un canard en apperçut

E ij

l'image dans l'eau, & crut que c'étoit un poisson. Il se plongea pour en faire sa proie, & ne trouva rien. Il fit la même chose plusieurs fois, toûjours avec aussi peu de succès. Fatigué de cet exercice, il s'en abstint, quoique le même objet parût toûjours à ses yeux. Les nuits suivantes, que la lune ne luisoit pas, il appercevoit de veritables poissons. Mais comme il étoit prévenu qu'il en étoit de même, que lorsque l'eau recevoit l'image de la lune, cela ne lui donnoit pas d'envie de les attaquer. J'y ai été attrapé plusieurs fois, disoit-il en lui-même, je n'y serai pas trompé davantage. Avec cette illusion cependant il se laissoit mourir de faim, parce qu'il ne pêchoit plus.

Si mes ennemis ont fait des rapports au lion de mes paroles ou de mes actions, quoique les rapports soient des fauſſetez, s'il les a reçus neanmoins comme des veritez, il en ſera de même que du canard. Il aura toûjours cette penſée, & rien ne ſera capable de la lui faire abandonner. La verité eſt cependant, qu'entre moi & ceux qui lui ſuggerent toutes ces fauſſetez, il y a autant de difference qu'entre le corbeau, oiſeau de mauvais augure, & le huma, qui ſe plaît à accompagner les Rois heureux. C'eſt une indignité au lion de me comparer à eux, & de mettre dans une même balance ce qui eſt précieux avec ce qui ne l'eſt pas. Il ne doit pas auſſi meſurer par lui-même ceux qui font profeſſion d'honnêteté.

Les differentes fortes de lait fe
reffemblent en blancheur ; mais
elles ne fe reffemblent pas en
bonté. Certaines mouches ne fe
plaifent qu'à piquer & incommoder , pendant que d'autres
s'occupent à faire le miel. Deux
fortes de gazelles paiffent l'herbe & boivent de l'eau également ; mais une feule de fes efpeces porte le mufc.

Vous ne devez pas croire, reprit Demneh, que c'eft par un
caprice particulier que le lion
s'eft laiffé furprendre, & qu'il a
de l'averfion pour vous, il agit
par une coûtume generale à tous
les Rois, qui élevent les uns
fans mérite, & abaiffent les autres fans fujet. On en voit qui
font mille careffes à des incon-
nus & à des étrangers, & d'autres qui n'ont pas la moindre

reconnoiffance pour ceux qui é-
ternifent leur memoire en chan-
tant leurs victoires.

Si , comme vous me le mar-
quez , repliqua Choutourbeh ,
le lion a de l'averfion pour moi
fans connoiffance de caufe, quoique fa colere foit fans fondement , je ne vois pas neanmoins
lorfqu'il la fera éclater , qu'il y
ait apparence d'en éviter les effets dangereux. Une colere bien
fondée peut s'abaiffer par des
foumiffions & par un repentir
fignalé. Mais s'il eft vrai qu'il
foit irrité par des furprifes & des
calomnies , il n'eft pas poffible
de pouvoir le ramener. Les furprifes & les calomnies font un
fond qui ne tarit jamais, quand
une fois on a donné dedans. Je
ne reconnois en ma conduite
aucune fauffe démarche qui

puiſſe m'avoir attiré la diſgrace
que vous m'anoncez, à moins
qu'il n'ait à me reprocher de
n'avoir pas ſuivi ſon ſentiment
dans l'execution de certains pro-
jets, ou de lui avoir parlé avec
trop de liberté en ſoutenant mon
avis lorſqu'il étoit contraire à
ſon intention. C'eſt peut-être ce
qui l'anime, & lui fait croire
que je veux me donner trop
d'autorité. Mais en cela je n'ai
rien fait que pour le bien de ſes
affaires, que pour ſa gloire & ſa
réputation, & qu'avec tous les
égards & tout le reſpect que je
devois. Qui eût jamais prévu
ce changement, & qui eût cru
que mes conſeils ſi purs, & mon
affection ſi deſintereſſée duſſent
m'attirer l'indignation & la haine de ſa Majeſté? J'ai cru bien
faire, & c'eſt d'avoir bien fait

que vient mon mal. Un autre que
moi eût mieux fait, car je ne fuis
pas capable de lui donner un veritable fujet de haine, en travail-
lant à m'élever fur fa ruine. Ce
n'eft pas un hazard ni un caprice, c'eft une loi reçue pour con-
ftante chez les Princes, de païer
leurs Miniftres d'ingratitude,
de n'écouter que les flateurs &
ceux qui machinent leur perte,
& de les honorer de leurs faveurs. C'eft auffi ce qui a fait
dire à des Sages, que le danger
étoit moins grand d'être expofé
à un dragon marin, & de fucer
le fang empoifonné, dégoutant
par la morfure d'un ferpent, que
d'être au fervice des Sultans.
J'éprouve par moi-même ce que
j'avois appris fur cette matiere.
Des Politiques ont comparé les
Monarques au feu. Le feu diffipe

les tenebres par sa lumiere ; mais
d'un autre côté, il consume toutes les choses où il s'attache. De
même, les Rois par leurs bienfaits, donnent quelquefois de la
satisfaction à ceux qui sont at-
tachez à eux ; mais à la moindre occasion, ils mettent leur
services en oubli, & ils leur
ôtent la vie. Plus on est près du
feu, plus on est en danger d'ê-
tre brûlé. Ceux qui en sont éloignez sont hors de ce danger.
On s'entête de l'avantage & du
plaisir d'être dans les cours. Mais
si l'on sçavoit ce que c'est que
d'être exposé continuellement au
serieux & à la séverité d'un Monarque, l'on n'hesiteroit pas à
se persuader que le risque sur-
passe la douceur imaginaire dont
l'on se repaît ; & que mille années de la faveur d'un Prince

par exemple , ne peuvent pas
confoler d'une difgrace femblable à la mienne. Rien n'a plus
de rapport à ce fujet que l'entretien d'un faucon & d'un coq
que vous ferez bien aife d'entendre.

# LE FAUCON
# ET LE COCQ.
## FABLE.

UN faucon étoit un jour en
conteftation avec un cocq:
Tu paroît, lui difoit-il, être domeftique & apprivoifé, tes manieres cependant font farouches.
Tu promets de l'amitié à l'exterieur , & tu n'as que de l'inimitié
& de la haine dans l'interieur.

Dis-moi, pourquoi la sincerité ne regne-t'elle pas parmi vous ? Pourquoi ne correspondez-vous pas aux bons traitemens que l'on vous fait ? Il n'y a que de l'ingratitude en vos actions, que de la haine & de la désobeissance, & vous ne donnez que de la peine & de l'incommodité. En apparence, vous êtes la bonté même, & l'on auroit tort de vous faire aucun reproche. Mais pour avoir la bonté au souverain degré, sçavez-vous qu'il faut avoir de la sincerité, & une uniformité dans ses actions, & que l'honnêteté & la civilité demandent que l'on rende le bien pour le bien ? Le chien, quoiqu'incommode, ne laisse pas d'être louable, en ce que ses caresses sont sans dissimulation, & que l'on tire de lui de grands avantages.

Le coq demanda à son tour au faucon : En quoi avez-vous remarqué que nous ne sommes pas sinceres, reconnoissans, & uniformes en ce que l'on doit attendre de nous ?

La chose, repartit le faucon, est visible d'elle-même. Peut-on imaginer une ingratitude plus signalée que celle par laquelle vous vous distinguez ? Les hommes ont pour vous des considérations si grandes, qu'ils vous apprêtent tous les jours votre grain & votre eau, afin que vous n'ayez pas la moindre peine ni le moindre chagrin pour trouver votre vie. Pouvez-vous souhaiter un plus grand bonheur que celui d'être sûr de ne pas mourir de faim ? Ils ont toûjours l'œil sur vous, ils veillent à votre conservation, & empêchent qu'il ne vous arrive aucun mal : Il n'y a cependant aucune solidité dans votre cœur , & vous n'avez pas la moindre attache pour eux. Je ne considere pas seulement le soin qu'ils prennent pour votre nourriture , ils exercent l'hospitalité toute entiere envers vous , en vous logeant chez eux , dans un appartement qu'il vous bâtissent exprès , afin que vous soyez à l'abri des injures du temps. Cela ne devroit-il pas vous obliger d'être assidus auprès d'eux , & de venir à leur voix dès qu'ils vous appellent ? C'est alors que vous fuyez , & que vous volez de toît en toît pour vous en éloigner davantage. Allez , cela est honteux , & ce n'est pas là reconnoître l'obligation que vous leur avez. En les regardant

comme vos bienfaiteurs, vous
devriez les prévenir en tout ce
qu'ils peuvent exiger de vous,
& ne pas les éviter comme vous
faites. Quoique nous soyons sau-
vages & nourris dans les rochers,
nous n'en usons pas neanmoins
de même. Pour peu que nous
ayons de communication avec
eux, & que nous mangions sur
leur poing, nous leur apportons
la chasse que nous prenons, en
reconnoissance de la nourriture
qu'ils nous donnent; & s'il arrive que nous nous écartions, nous
retournons à eux dès qu'ils nous
appellent.

Tout ce que vous venez de
dire contre notre conduite, reprit le cocq, est véritable, je ne
puis en disconvenir. Mais voulez-vous que je vous marque
précisément la raison pourquoi

vous êtes si obeïssans à la voix
des hommes, & pourquoi nous
ne suivons pas votre exemple ?
C'est que jamais vous n'avez vû
de faucons rôtis dans un plat,
& que souvent nous avons le triste spectacle de voir égorger à
nos yeux nos femmes, nos enfans & nos parens, & les rôtir
ensuite impitoyablement à un
grand feu. Si vous aviez les
mêmes objets devant les yeux,
vous ne vous arrêteriez pas un
moment auprès des hommes, &
vous ne regarderiez pas leurs
maisons comme des azyles. Par
cet exemple, ajoûta Choutourbeh, vous voyez que les favoris
des Princes, qui ne font pas réflexion aux disgraces qui arrivent tous les jours à leurs sem-
blables, ni aux funestes effets
de colere dont ceux qui les ont
précedez

précedez ont été écrafez, font
autant d'infenfez & de gens dépourvus d'efprit.

Je vous le répete, infifta Demneh, je ne crois pas que le lion
vous veuille du mal par un pur
effet de tyrannie, lorfque je confidere votre vertu & les perfections qui vous rendent recom-
mandable. Les fouverains ne fe
laffent jamais des perfonnes de
votre mérite, & je ne fçai que
penfer de fon averfion. L'apparence eft grande cependant, repliqua Choutourbeh, que ma
vertu & les perfections que vous
dites en font la caufe. Ne voyez-
vous pas que l'on met des entra-
ves aux pieds des bons chevaux,
que l'on rompt les branches des
arbres qui portent de bons
fruits, que l'on enferme le roffignol dans une cage à caufe de

son chant, que l'on arrache les
plumes du paon, qui en souffre
une confusion mortelle, & que
l'on enferme les perles. Ma sagesse me tient lieu de ce que la
peau est à vous autres renards,
& de ce que les plumes sont aux
paons, & ma capacité fait mon
malheur. Sans cela, je serois
heureux, & me voilà dans la
derniere humiliation. Comme
les méchans excedent les gens
de bien par leur multitude, ils
prennent leur avantage avec
tant de mesure, qu'ils font passer ceux-cy pour des fâcheux,
des censeurs, des rebelles & des
criminels; dans le temps que
l'on devroit les cherir par leur
douceur, leur fidelité & leur
innocence. Ils les rendent un
objet de mépris & d'abomina-
tion; lorsqu'ils devroient être

honorez , respectez & élevez au
faîte du bonheur. C'est de la
sorte que ces esprits pernicieux
renversent l'ordre des choses ,
& font paroître le vice où regne
la vertu. La vertu, disent les
Sages, ne jettent pas plûtôt de
l'éclat , que le vice l'insulte avec
insolence , que ceux qui font
profession de n'en avoir pas, la
contrôllent, & n'oublient rien
pour la décrier. Dans l'occur-
rence, disent-ils encore , les personnes moderées & pacifiques ,
ne croyent pas trahir leur con-
science, en disant que de fausses perles sont veritables , que
les inhumains sont remplis de
compassion , & que ce qui est
de laine est de soie. Cette maniere d'agir est d'une ame no-
ble ; mais les ames viles & basses n'ont pas cette retenue. Ils

F ij

publient que les épines sont des épines.

Comme vous le dites, ajoûta encore Demneh, il se peut faire que ce sont des imposteurs & des calomniateurs qui vous ont rendus ce mauvais office ; mais aprés tout, quelle peut être leur esperance , & quelle sera leur récompense ?

Ils ne reçoivent pas le châtiment dû à leur mechanceté, répondit Choutourbeh, tant qu'il plaît à la divine Providence de les laisser dans le repos dont ils jouissent en apparence. Mais quand leur temps est venu, toutes leurs précautions deviennent inutiles, & rien ne peut parer le coup fatal qui les attend.

Cela ne leur arriveroit pas, dit encore Demneh, s'ils se gouvernoient avec prudence. L'on doit agir en toute chose avec circonspection, & voir de loin l'évenement de ce que l'on entreprend; & l'on ne peut pas dire que l'on ait pensé meurement à ce que l'on fait, lorsque la fin ne correspond pas à ce que l'on s'étoit proposé.

Ce que vous dites est très-veritable, reprit Choutourbeh ; mais soit que l'on agisse par une veritable ou par une fausse prudence, il n'arrive que ce qu'il plaît au souverain createur de toutes choses ; c'est aussi ce qui fait que je me soumets entierement à sa volonté, en ce qui regarde ma destinée. A ce sujet je vous ferai le récit de ce qui arriva entre un paysan & un rossignol, dont peut-être vous n'avez pas connoissance. C'est

une querelle affez curieufe pour
mériter votre attention.

## LE PAYSAN
## ET
## LE ROSSIGNOL.
### *FABLE.*

UN payfan, dit Choutour-
beh, avoit un jardin d'autant plus beau, qu'il y avoit
joint les agrémens de fon art &
de fon induftrie à ceux de la nature, qui y contribuoit large-
ment de toutes les graces dont
elle abonde. Entre les fleurs differentes dont les parterres é-
toient émaillez, il y avoit un
gros buiffon formé par un rofier;

qui produifoit un nouveau bouton tous les jours , que le payfan voyoit s'épanouir avec un
grand plaifir. Un matin , comme
il étoit venu pour le voir , felon
fa coûtume , il apperçut un roffignol indifcret , qui déchiroit
le bouton de fon bec , & faifoit
tomber les feuilles par terre ,
cela le mit dans une grande colere. Il obferva la même chofe
le lendemain & le jour fuivant.
Sa patience fut pouffée à bout,
il tendit des filets , il prit le roffignol & le renferma dans une
cage. Le roffignol mortifié de
fa captivité , fe plaignit au payfan : Pour quel fujet , dit - il ,
m'enfermez-vous dans cette prifon? Quel crime ai-je commis,
pour me traiter fi impitoyablement? Si vous le faites pour entendre mon chant , il n'étoit pas

neceſſaire que vous me fiſſiez
cette violence, puiſque je vous
en donnois le plaiſir entier dans
votre jardin, d'où je ne ſortois
point, parce que mon nid y eſt.
Si vous avez une autre raiſon,
ou ſi je vous ai offenſé en quelque choſe, je vous prie de me
le dire, & de m'apprendre le
motif de ma diſgrace.

Quoi ! répondit le bon homme
de payſan, tu m'as privé de ce
qui m'étoit le plus cher, je veux
dire des roſes que tu m'as gâ-
tées, & tu voudrois que je ne
m'en vengeaſſe pas ? C'eſt pour
cela que je te prive de la compagnie de tes petits, des roſſi-
gnols tes amis, & de la liberté
dont tu jouïſſois. Tu auras tout
le temps de faire tes plaintes dans
cette cage, & de déplorer ton
malheur.

Ne

Ne me tenez pas ce difcours, repartit le roffignol, penfez plûtôt que vous me faites fouffrir la prifon pour une faute auffi legere, que celle d'avoir gâté quelques rofes, & que vous méritez un châtiment d'autant plus rigoureux, que votre cruauté excede de beaucoup le crime dont vous voulez que je fois coupable. Dieu n'eft pas moins jufte à punir les méchans, qu'à récompenfer les bons. Qui fait bien trouve le bien, & qui fait mal trouve fon malheur.

Le payfan touché de la remontrance du roffignol, qui lui parut équitable, fe fit Juftice à lui-même. Il ouvrit la cage & le mit en liberté. Le roffignol joyeux de fe voir fi-tôt délivré de l'efclavage, ne fe fut pas plûtôt pofé fur la premiere branche d'arbre,

qu'il dit au payfan : Puifque vous
m'avez fait ce plaifir fi obligeamment, & que le bien eft la ré-
compenfe du bien, il eft jufte
que j'en aye la reconnoiffance
que je dois. Apprenez donc
qu'au pied de l'arbre que voilà
derriere vous, vous trouverez
un vafe rempli d'or & d'argent.
Le payfan creufa au pied de
l'arbre & trouva le vafe : Je fuis
furpris, dit-il au roffignol qui
l'avoit accompagné, que tu ayes
apperçu ce vafe fous la terre, &
que tu n'ayes pas vu fous les
branches de ce rofier, les filets
cachez pour te prendre. Ne fçavez-vous pas, répondit le roffignol, que toutes les prévoyances
font inutiles, lorfque l'heure du
deftin eft venu, & qu'alors il
n'y a plus ni confeil ni détour à
prendre ? Cela peut vous faire

concevoir , dit encore Choutourbeh en achevant , que je
n'ai pas de forces fuffifantes pour
m'oppofer à ma deftinée . & que
je n'ai pas d'autre réfolution à
prendre , que celle de m'abandonner entre les mains de la divine Providence , puifque tout
ce qui doit m'arriver ne doit venir que de fa part.

Pour vous expofer encore ce
que je penfe , dit Demneh à
Choutourbeh , qu'il vouloit aigrir d'avantage , je panche for-
tement à croire que le lion fe
déclare contre vous , non pas à
caufe de votre vertu , ni de la
calomnie de vos ennemis . ni de
fa vanité en voulant faire éclater fon pouvoir , mais par la fe-
rocité qui lui eft naturelle , dont
il n'eft pas poffible qu'il fe dé-
pouille. Il fait toute chofe pour

G ij

paroître doux & accueillant ;
mais dans le fond c'est un diffi-
mulé & un perfide, & la fin du
fervice qu'on lui rend n'est qu'a-
mertume.

Que faire à tout cela, repartit
Choutourbeh ? Je n'y vois pas de
remede. Il y a longtemps que
je fuis heureux, l'heure de fouffrir eft venue ; je vivois en repos, il faut préfentement que les
chagrins & les afflictions ayent
leur place. Les amans ne poffe-
dent pas toûjours ce qu'ils aiment, l'abfence fuccede à la
jouiffance. C'eft mon deftin, je
l'avoue, qui m'a amené au lion
comme une victime. Quelle liai-
fon y avoit-il entre lui & moi ?
Qu'étoit-il befoin que je devinffe
le premier miniftre du Roy des
animaux ; lui qui en fuççant le
lait, a appris que j'étois au mon-

de pour lui servir de pâture,
que je n'ai point de forces qui
puissent m'empêcher de tomber
sous ses pattes, & que je suis
propre à remplir son estomac.
Plût à Dieu, que jamais l'on
n'eût employé les artifices dont
on s'est servi pour me conduire
à lui, & m'engager à son service! Mais, Demneh, ce sont les
Decrets de Dieu & vos persua-
sions qui m'ont jetté dans ce pré-
cipice. Disons plûtôt que c'est à
moi-même que je dois imputer
mon désastre. Je comprens assez
à quels malheurs l'on est conduit
par la convoitise, par l'ambition
& par le desir des richesses. Je
me suis laissé entraîner par ces
passions, & je m'y suis abandonné avec trop d'aveuglement.
Les Sages ont bien eu raison de
comparer celui qui ne se con-

tente pas de ce qu'il a, à un marchand qui arrive au pied d'une
montagne de diamans, & qui
n'est pas satisfait d'amasser ceux
qu'il rencontre. Dans l'esperance d'en trouver de plus précieux
& d'un plus grand prix, il avan-
ce toûjours en montant, & mon-
te si haut, qu'il trouve veritablement dequoi contenter son
avarice. Mais dans l'aveuglement où il est à force de marcher sur les diamans, il se blesse
si fort aux pieds, qu'il lui est
impossible de retourner en arriere, & qu'il demeure exposé à la
pâture des oiseaux carnassiers,
des serpens & des fourmis. Prens
garde, disent ces mêmes Sages,
tu en demande trop, tu ne réus-
siras pas dans ton entreprise. Si
tu souhaites un bien solide, ne
demande rien au de-là de ce qui
te convient.

Il est certain , dit Demneh ,
en applaudissant à ce discours ,
que ceux qui tombent dans les
malheurs , y tombent par leur
propre faute , & par l'avidité
qui les y précipite. Aussi c'est
une maladie bien dangereuse ,
que l'avidité ; elle attaque l'ame
& le cœur. Elle est si pernicieu-
se , qu'en tout pays , l'on fuit
ceux qui en sont malades , comme des pestiferez. Il n'est pas
plus possible qu'ils jouissent d'aucune satisfaction , qu'il est possible qu'un bon vin conserve sa
bonté dans un vase où il y a du
vinaigre. On en a vu périr une
infinité , avec toutes les apparences de grandeur & de faste
dont ils se repaissoient , de même qu'un certain chasseur qui
voulut attraper un renard , &
tomba entre les pattes d'un leo-

G iiij

pard. C'est une histoire curieuse, dont vous ne serez pas fâché d'entendre le détail.

❧❧❧❧❧❧❧❧❧❧❧❧❧❧❧❧❧❧❧❧❧❧❧❧❧

# LE CHASSEUR,

## LE RENARD,

### ET

# LE LEOPARD.

### F A B L E.

UN chasseur qui étoit un jour à la chasse, continua Demneh, vit un renard courir & sauter d'une grande legereté par la campagne. L'envie d'avoir sa peau qui paroissoit d'un très-beau poil, fit qu'il ne le perdit pas de vûe, il observa & reconnut la taniere où il se re-

tiroit. Il creufa une foffe près de
l'entrée, & après l'avoir couver-
te de branchages & de brouif-
failles, il y pofa une charogne,
& fe mit en embufcade, en attendant que le renard vint fe
prendre.

Quelque temps après le renard
fortit de fa taniere, & fut d'a-
bord attiré par l'odeur de la charogne, il s'approcha jufques fur
le bord de la foffe, mais à l'ap-
pareil des branchages, il fe douta de quelque tromperie : L'o-
deur qui part de cet endroit,
dit-il en lui même, me donne la
vie, mais il peut y avoir une
foffe là deffous, & la confervation de ma vie eft préferable au
plaifir de manger ce que je vois.
Mon cerveau, à la verité, eft
embaûmé de l'odeur agreable
de cette viande; mais en même

temps je le fens troublé par le
rifque qui peut-être y eft attaché.
Gens bien avifez jamais n'affron-
terent le peril évident, & n'en-
treprirent rien qui pût leur apporter le moindre préjudice. Là
où tu trouves un pas difficile, difent les Sages, retire-toi un pas
en arriere. Cet animal peut être
mort où le voilà, peut être auffi
qu'on l'y a mis exprès pour me
faire tomber dans le piege. Un
bocage n'eft pas feulement d'arbres & d'arbriffeaux, un leopard
s'y rencontre quelquefois. L'on
ne peut pas éviter fon deftin, il
eft vrai, mais il eft bon de ne
rien faire qu'avec précaution.
De deux chofes qui fe préfen-
tent, dont l'une eft dangereufe,
& l'autre eft fans danger, j'aime mieux me déterminer à fuivre la derniere. Avec ce raifon-

nement, il laissa là la charogne, & sauva sa vie en passant outre.

Peu de temps après un leopard affamé descendit de la montagne, & vint jusqu'à la charogne, il se jetta dessus sans déliberer, mais en même temps il tomba dans la fosse. Au bruit, le chasseur crut le renard pris, accourut, & se jetta dans la fosse. Le leopard s'imagina que le chasseur venoit lui enlever sa proie qui étoit tombée avec lui, & qu'il commençoit de manger il se jetta sur lui & le mit en pieces. C'est ainsi que le chasseur avide de la peau du renard finit ses jours, & que le renard sobre & moderé, échapa du peril dont il étoit menacé. C'est aussi de la sorte, ajouta Demneh, que ceux qui cherchent ce qu'ils n'ont pas, mais dont ils pourroient se passer, deviennent esclaves de libres qu'ils étoient, esclaves, dis-je, d'une maniere à n'être plus les maîtres de leur propre vie.

Lorsque Demneh eut achevé le récit de cette fable, Choutourbeh dit encore : Je vous avoue que j'avois été dans l'erreur jusqu'auparavant que l'envie me prît de profiter de l'occasion d'entrer dans la faveur du lion, & que j'avois cru que le service des grands étoit tout autre chose. Mais je reconnus bien dans la suite que je m'étois trompé, lorsque je m'apperçus qu'il ne faisoit pas grande estime des services que je lui rendois, & qu'il marqua par sa conduite envers moi, qu'il n'y a pas de fondement à faire sur l'amitié des Souverains. Ce que l'on dit

est bien vrai, qu'il ne faut pas
contracter amitié avec celui qui
n'en sçait pas le prix, ni rendre
des services à ceux qui ont d'ingratitude de ne les pas reconnoître, & que l'on faisoit la même chose que si l'on semoit dans
une méchante terre avec esperance de faire une ample mois-
son ; que si l'on écrivoit sur l'eau ;
que si l'on perçoit un rocher,
pour trouver un trésor ; que si
l'on cherchoit du fruit bon à
manger aux branches d'un cy-
près ; & enfin, que si l'on croïoit
qu'un rejetton de saule dût produire des cannes de sucre, même en l'arrosant de l'eau de la
riviere du Paradis.

Vos plaintes & vos regrets,
reprit Demneh, ne servent
de rien, ils ne feront pas changer la volonté du Roy. Prenez

vos mesures, & voyez ce que
vous devez faire, pendant que
vous en avez encore le temps,
qui vous est cher., & que vous
ferez bien de ne pas laisser é-
chaper.

Helas! repartit Choutourbeh
en soupirant, quelles mesures
voulez-vous que je prenne? Que
puis-je faire? Quel remede, ou
quel conseil croyez-vous me pouvoir être avantageux? Je ne suis
pas encore bien convaincu du
mécontentement du lion à mon
égard. Quoique vous ayez pû
mé dire, je crois qu'il a de bons
sentimens, & que dans le fond
il est bien intentionné pour moi.
Mais comme les envieux ont ju-
ré ma perte & ma mort, je vois
bien qu'ils mettent tout en usage
pour y réussir. Je m'attens que
leur méchanceté l'emportera

toujours fur la bonté du lion. La médifance & la calomnie ne quittent jamais prife, qu'elles n'ayent anéanti l'innocent qu'-elles ont une fois attaqué. Il en fera de même que du loup, du corbeau & du renard qui medi-terent de faire perir un cha-meau, & réuflirent dans leur deffein. En voici l'hiftoire, é-coutez-là, je vous prie.

❋❁❋❧❋❧❋❧:❋❧❋❧❋❧❋

# LE CORBEAU,
## LE LOUP,
## LE RENARD,
### LE LION,
## ET LE CHAMEAU.

#### *FABLE.*

UN corbeau, un loup & un renard étoient au service d'un lion, qui faisoit sa retraite dans un bois peu éloigné d'un grand chemin, par où des caravanes passoient de temps en temps. Un jour une caravane passoit par cet endroit là, lorsqu'un chameau se trouva si fatigué, que le Marchand à qui il appartenoit fut contraint de l'y abandonner.

abandonner. Au bout de quelque temps le chameau qui avoit repris ses forces, marchoit indifferemment de côté & d'autre & en paissant, il s'avança jusqu'au bord du bois. Il y entra, & il n'eût pas fait quelques pas, que le lion se présenta devant lui. Epouvanté de cet objet désagréable pour lui, il prit le seul parti qu'il avoit à prendre pour sa vie, qui fut celui de se soumettre aux volontez du lion, & de lui faire offre de ses services. Le lion reçut ses complimens fort honnêtement, & s'informa de ce qu'il étoit, & de ce qui l'avoit arrêté dans la contrée. Le chameau le satisfit sur ces demandes : J'étois, continuat-il, libre de mes actions avant de vous voir, mais du moment que je vous ai vû, j'ai perdu

cette liberté. Votre Majesté n'a
qu'à me commander, je suis prêt
d'obeir. Je vous reçois volontiers
sous ma protection, reprit le lion,
& je puis vous assurer que vous
vivrez sans inquietude & dans
un grand repos à l'ombre de ma
felicité. Le chameau joyeux de
la bonté du lion & de l'assurance qu'il lui donna, resta dans
le bois en allant & en paissant où
bon lui sembloit, & de la sorte
il reprit son embonpoint avec le
temps, & devint fort gras.

Un jour le lion qui étoit sorti
du bois, à la quête de quelque
bonne proie, rencontra un puissant éléphant qu'il alla attaquer.
Le combat fut fort rude entre
eux. Mais enfin le lion reçut plusieurs blessures dangereuses, &
fut contraint de se retirer dans
un si grand desordre, qu'il pou-

voir à peine se soutenir ; il gagna
neanmoins le bois , & arriva à
son gîte avec de cuisantes douleurs.

Le corbeau, le loup & le renard qui profitoient des restes
de la bonne chere du lion, eurent une grande mortification de
le voir en cet état, & ils se pré-
senterent devant lui fort tristes
& fort mortifiez. Le lion tout
malade qu'il étoit, fut touché
de cette marque de leur zele :
Pauvres infortunez , leur dit-il ,
je vous plains de la disgrace qui
vous arrive à l'occasion de la
mienne, & je souffre plus de ce
que vous souffrez , que de mes
propres douleurs. Allez , voyez
si vous ne découvrirez pas quelque proie ici aux environs , &
venez m'en donner avis, je ferai
mes efforts pour lui donner la

chaſſe, & pourvoir à votre nourriture. À ces paroles ils partirent, ſe ſeparerent, & roderent
chacun de ſon côté ; mais quelque diligence qu'ils fiſſent, ils
n'apperçurent pas le moindre a-
nimal. Ils ſe rejoignirent fort
déconcertez d'avoir perdu leurs
peines, & tinrent conſeil ſur les
meſures qu'ils devoient prendre
pour remedier à la faim dont ils
étoient menacez. Le loup opina
le premier : Quel avantage, dit-
il, tirons-nous de la ſocieté du
chameau dans ce bois. Il n'eſt
même utile en rien au lion notre
maître, & nous ne pouvons avoir
commerce avec lui par aucun
endroit. Mon avis ſeroit d'inſi-
nuer au lion, qu'il peut ſe défaire de lui en attendant une
meilleure ſanté. Par là il auroit
dequoi ſe nourrir quelques jours

& nous en aurions notre part.
Le renard penſoit bien la même
choſe que le loup , mais il ne
vouloit pas qu'on pût lui reprocher d'avoir été de ce ſentiment.
Cette penſée , dit-il , n'eſt ni rai-
ſonnable ni équitable ; le lion
lui a donné ſa parole & l'a reçu
ſous ſa protection. Il n'eſt pas
permis ſans crime & ſans rebellion , de porter un Roy à ne pas
tenir la parole qu'il a donnée , &
un rebelle eſt haï & maudit de
Dieu & de tout le monde. L'affaire , repartit le corbeau , n'eſt
pas ſi difficile que l'on pourroit
s'imaginer. On peut la couvrir
d'un prétexte , & je ſçai un
moyen par où le lion peut manquer à ſa parole ſans apparence
d'injuſtice. Attendez-moi ici , je
vais le trouver, je promets de vous
apporter une bonne réponſe.

Le corbeau se rendit auprès
du lion, lui fit une profonde ré-
verence, & demeura devant lui
dans le respect & dans le silence.
Avez vous vû quelque chose,
lui demanda le lion. M'apportez-
vous la nouvelle d'une bonne
chasse à faire ? Je ne dirai rien
sur la demande de votre Majesté, répondit le corbeau, je l'as-
surerai seulement que la faim
nous accable de maniere, que
la lumiere de nos yeux s'affoi-
blit, & qu'à peine nous pouvons
nous mouvoir. Mais nous avons
imaginé un remede qui sera d'un
grand soulagement pour elle &
pour nous, si e le l'a pour agreable. Si la chose se peut faire,
repartit le lion, je ne ferai pas
difficulté de l'approuver. Votre
Majesté, reprit le corbeau, a
trop d'esprit pour ne pas voir

que le chameau n'a point de
rapport avec elle, & que nous
ne tirons pas le moindre avantage de la société. C'est une
chasse qui s'est présentée, & qui
est venue d'elle même se jetter
dans vos filets. Il semble qu'il
ne faudroit pas en chercher un
autre dans une conjoncture aussi
pressante que celle-ci.

Ce discours mit le lion dans
une grande colere : Siecle malheureux ! dit-il, en rejettant
bien loin la proposition. Siecle
corrompu ! A qui se fier présentement ? Les amis n'ont plus de
fidélité, ce sont des perfides.
Mille maledictions aux amis de
ce siecle, qui ne se distinguent
que par la dissimulation, par la
ruse, & par la fourberie, & qui
renoncent aux loix les plus sa-
crées de l'humanité. Je ne veux

pas de ces amis qui ne caufent
que de la mortification, lorfque
l'on a befoin de leur fecours.
Dis-moi, malheureux! en quel
état a-t-il jamais été permis de
manquer à fa parole? En quelle
religion a-t-on tenu pour maxime, de maffacrer un étranger
que l'on a reçu à bonne compo-
fition? Je ne veux pas avoir le
blâme d'avoir détruit ce que j'ai
moi-même élevé.

Rien, repliqua le corbeau,
n'eft plus conforme à l'équité &
à la droite raifon, que ce que
dit votre Majefté : Mais je ne
crois pas qu'elle ignore que les
bons politiques tiennent, qu'il
faut perdre un membre pour
conferver tout le corps ; un é-
tranger pour fauver un domeftique ; un domeftique pour la confervation d'une famille ; une famille

mille pour ne pas expofer toute
une ville ; & une ville pour la
perfonne d'un Monarque qui fe
trouve en danger , parce que la
vie d'un Monarque eft neceffaire à tout un puiffant Etat. Il faut
tenir parole , il eft vrai ; mais il
ne faut pas que cela porte préjudice à celui qui l'a donnée , &
que la confervation de fa perfonne y foit intereffée.

A ces raifons, le lion baiffa la
tête & ne dit mot. Le corbeau
prit cela pour un confentement,
& retourna auffi-tôt à fes compagnons : J'ai , leur dit-il , repréfenté l'affaire au Roy ; il l'a d'a-
bord rejettée bien loin , mais je
lui ai apporté de fi fortes raifons, qu'enfin il y a donné fon
confentement. Il ne s'agit plus
que de l'executer. Pour y parvenir , il eft neceffaire que nous

nous abbouchions avec le chameau, & que nous lui reprélen-
tions la faim extrême où le lion
eſt réduit à l'occaſion de ſes blel-
ſures. Nous lui inſinuerons enſuite que la longueur du temps
qu'il y a que nous vivons ſous
ſa puiſſante pro·ection, ne nous
permet pas de nous exempter de
ſacrifier notre vie pour lui, autrement nous ſerions des ingrats,
& indignes des bienfaits dont il
nous a comblez. Nous ajoûte-
rons qu'il eſt de notre devoir
d'aller tous enſemble le remercier des graces dont nous lui
ſommes obligez, & pour les reconnoître, lui marquer que nous
ne pouvons moins faire que de
nous ſacrifier pour ſa conſervation. Alors, chacun ſéparément
nous preſſerons le Roy de nous
immoler à ſa faim, pendant que

I

d'un autre côté nous lui four-
nirons quelque prétexte pour
rejetter l'offre que nous lui ferons, afin de faire tomber le fort
fur le chameau.

Ce complot arrêté, les trois
animaux allerent trouver le chameau, qui n'entendit pas de fi-
neſſe en ce qu'ils lui propoſe-
rent. Il donna au contraire ſi
aiſément dans le panneau ſur
tout ce qu'ils lui dirent, qu'ils
n'eurent pas de peine à l'emme-
ner avec eux devant le lion.
Lorſqu'ils furent en ſa préſence,
le corbeau prit la parole avec un
diſcours étudié : Sire, dit-il,
que votre Majeſté jouiſſe du
ſouverain pouvoir avec toute la
ſatisfaction qu'elle peut ſouhai-
ter. Le chameau, le loup, le renard & moi, vos trés humbles
eſclaves, nous vous ſommes in-

finiment obligez, du repos dont nous avons joui jufques à préfent fous votre protection, & en cette conjoncture fâcheufe que vous êtes dans le danger évident de mourir, nous ne pouvons mieux vous témoigner notre reconnoiffance, qu'en mettant notre tête & notre vie à vos pieds, comme nous le faifons préfentement, en vous fuppliant d'accepter notre préfent. En mon particulier, je la fupplie de vouloir bien épargner mes camarades, & de remplir fon eftomac de mon corps, tout maigre qu'il eft, afin qu'en mourant j'aye la fatisfaction d'avoir contribué à conferver une vie fi précieufe.

Le loup & le renard ( le chameau fut auffi du même fentiment ) fe récrierent que la chair

de corbeau n'étoit pas la nourriture du lion, & quand ce seroit
une viande propre à lui servir
de mets, que ce n'étoit pas dequoi satisfaire la faim du Roy.
Ils dirent donc au corbeau de
se retirer, & de ne pas se faire
de feste dans une rencontre où
l'on ne pouvoit songer à lui. Il
baissa la tête pour marquer qu'il
se soumettoit, & se tut.

Le renard, s'avança : Sire,
dit il, en ces momens que le destin semble vouloir ravir la vie
de votre Majesté, je ne puis
choisir une occasion plus favorable pour lui marquer mon zele
& ma gratitude: Je suis content
d'avoir vêcu si longtemps sous
ses auspices & sous sa protection.
Dans le dangereux état où elle
se trouve, je la supplie avec un
ardent desir de contribuer à sa

conſervation, d'agréer que je lui
ſerve d'un bon repas, afin qu'elle ſe délivre de la faim dont
elle eſt travaillée.

Le loup interrompit le renard;
C'eſt, dit-il, un excès de zele
& d'affection, qui te fait tenir
ce diſcours, pour marquer que
tu n'es pas un ingrat. Mais ta
chair eſt puante & nuiſible ; &
ſi le Roy en mangeoit, ſa maladie pourroit augmenter au lieu
de diminuer. Il ne doit entrer
que des viandes délicates dans
la cuiſine des Rois ; les viandes
maigres comme la tienne en ſont
bannies. Comme il vit que le
renard s'étoit retiré : Sire, dit-
il au lion, que le bonheur accompagne toujours votre Majeſté ; & que ſes ennemis ſoient
confondus. Je crois être plus
propre que mes camarades pour

lui fervir de nourriture , & j'efpere qu'elle aura un plaifir très-
fatisfaifant en fe repaiffant de ma
chair ; je la fupplie donc d'a-
gréer le facrifice que je lui fais.

Le corbeau & le renard s'é-
crierent que c'étoit auffi l'amitié
& l'affection, qui faifoient parler
le loup en ces termes , mais que
fa chair caufoit un mal de gofier
qui etrangloit. Cela obligea le
loup de fe retirer en arriere.

Alors le chameau s'avança en
allongeant le col avec fa tête à
petite cervelle : Sire , dit-il , que
le ciel vous rende toujours victorieux. Je fuis l'efclave & en
même temps le nourriffon de la
cour de votre Majefté. Je fuis
digne de fa cuifine, & d'entrer
dans fon eftomac. C'eft affez déliberer , je la fupplie de ne me
pas épargner, qu'elle difpofe de

I iiij

moi comme il lui plaira, je suis
prêt, & elle me verra mourir
avec toute la patience & la constance d'un esclave, qui fait
gloire de donner sa vie pour elle.

Le corbeau, le renard & le
loup, de concert, donnerent
mille louanges au chameau, &
le renard qui prit la parole au
nom de tous: L'on ne peut, dit-
il au chameau, donner un témoignage d'amour & d'affection
plus grand que le sacrifice que
vous faites, votre chair est ex-
quise & trés-délicate, & votre
sang operera plus pour la santé
du Roy, qu'une boisson sucrée,
& que l'eau de la fontaine de
vie. Dieu vous fasse paix, voilà
une action de la derniere gene-
rosité, de prodiguer comme vous
faites votre vie pour votre bienfacteur. En abandonnant le mon-

de de cette maniere, vous laissez
après vous la renommée la plus
parfaite que l'on puisse imaginer. De toutes les vertus, la ge-
nerosité est la plus estimable;
mais le point est d'être genereux
jusques à donner sa vie.

Le lion, le loup, le renard &
le corbeau, se jetterent tous a-
lors sur le chameau, & le mise-
rable demeurant dans la même
place, se laissa mettre en pieces
sans faire aucun mouvement qui
marquât la moindre impatience
nonobstant les douleurs qu'ils
lui firent souffrir. Ainsi le corbeau, le loup & le renard après
le lion, eurent dequoi vivre
longtemps, & attendirent avec
patience le retour de la santé du
lion. Cela, ajouta Choutourbeh,
doit suffire pour vous marquer
que les médisans, les calomnia-

teurs & les imposteurs n'abandonnent jamais leur entreprise
qu'ils n'en voyent le succés tel
qu'ils le souhaitent, lors particulierement qu'ils agissent de concert.

Mais enfin, demanda l'artificieux Demneh à Choutourbeh,
quelle résolution prenez-vous,
& quel remede prétendez-vous
employer contre ceux que vous
accusez de votre disgrace ?

Comme je vous l'ai déja mar-
qué, répondit Choutourbeh, je
vois fort bien que ma perte est
certaine, & que je ne puis l'é-
viter. Il faut pour cela de necef-
sité que je me prépare au combat. Je n'ai pas pour cela la présomption de croire que je serai
victorieux ; c'est afin de mourir
au moins glorieusement, en dé-
fendant ma vie autant qu'il me

fera possible. Si mon destin est
de succomber sous les efforts du
lion, je mourrai avec la gloire
d'avoir fait mon devoir, & je
laisserai au monde la mémoire
d'en être sorti avec courage.
Puisque ce corps doit perir, je
compte pour beaucoup de mourir dans une bonne réputation,
seule chose qui peut rester aprés
moy.

Le sentiment des Sages, repartit Demneh, n'est pas cependant que l'on précipite rien, lorsqu'il s'agit de venir aux mains.
Cette voie est trop violente, &
il est plus sûr de ne pas recourir
si facilement à cette extremité.
il est bon, disent-ils, de dissimuler dans les inimitiez ; il y
faut de la douceur & de la moderation ; ce sont des moyens de
les étouffer : la colere, ajoutent-

ils, pour être appaisée, demande des détours. Pour éteindre un
incendie, il faut y jetter de
l'eau & non pas du feu, qui ser-
viroit à l'augmenter. Pourquoi
emploïer la violence, lorsque l'on
a la moderation pour obtenir ce
que l'on souhaite ? Considerez
de plus, que ceux qui se piquent
de courage & de valeur, ne font
pas état d'un ennemi foible, &
qu'ils n'ont pas la bassesse de
croire que l'on doit recourir à la
ruse au défaut de la force. C'est
pourquoi, comme vous sçavez
à quel point le lion est vaillant,
& l'impossibilité où vous êtes de
le vaincre, il est bon que vous
ayez toutes les précautions imaginables, pour prévenir les suites dangereuses de son inimitié.
Gardez-vous de vous exposer à
combattre avec lui. Qui méprise

un ennemi , & s'engage à lui
tenir tête, se repent souvent de
son imprudence , & c'est ce qui
arriva autrefois à la mer pour
avoir méprisé les Titavis , qui
sont de fort petits oiseaux qui
s'élevent & se nourrissent le long
des bords de la mer des Indes.
En voici l'histoire que vous en-
tendrez avec plaisir.

# LES TITAVIS
# ET LA MER.

### *FABLE.*

DEUX de ces oiseaux , mâ-
le & femelle , continua
Demneh , faisoient leur séjour
ordinaire sur le bord de la mer.
Quand la femelle sentit que le

temps de pondre & de faire leur
nid approchoit : Pour la fureté
de nos œufs, dit-elle au mâle,
fongez à choifir un lieu qui foit
propre, afin que nous foyons
hors d'inquiétude, & que nous
n'ayons rien à craindre. Le lieu
où nous fommes, dit le mâle,
eft bon, il eft fi commode & fi
agréable, que nous ne pouvons
être mieux ailleurs, & je ne fuis
pas d'avis que nous le changions
pour un autre. Vous n'y penfez
pas, repartit la femelle. Si une
fois la mer élève fes flots, &
emporte nos petits, ne fera-ce
pas un fujet de mortification &
d'affliction pour le refte de notre vie ? Quel remede apporte-
rions-nous à ce malheur ? Je ne
crois pas, repliqua le mâle, que
la mer ait l'audace de nous déclarer la guerre, ni de nous faire

sans sujet l'affront & le déplai-
sir d'engloutir nos petits. Je sçaurois bien en prendre vengeance
si cela arrivoit. Mais votre prévoyance est mal-fondée, & cela
ne peut pas arriver. Jamais, reprit la femelle, on ne doit avoir
la présomption que vous avez,
de tenir un discours si déraison-
nable & si dépourvû de bon sens.
Je voudrois bien sçavoir la puis-
sance que vous avez, & comment vous vous prendriez pour
vous venger de la mer & de ses
vagues, & de quelles armes vous
vous serviriez pour vous battre
contre elle? Abandonnez cette
pensée, & cherchez seulement
un lieu où je puisse pondre sans
danger. Ne negligez pas le conseil que je vous donne. Ceux qui
ne suivent pas les avis qui ten-
dent à leur bien, trouvent leur

malheur, comme il est arrivé à une tortue, dont je vous prie de vouloir bien écouter la pitoyable avanture. Rien n'est plus certain, & je l'ai apprise d'un bon endroit.

# LES
# DEUX CANARDS,
## ET
# LA TORTUE.
### *FABLE.*

DEUX canards & une tortue vivoient dans un étang avec d'autant plus d'agrément, qu'il étoit net & bien entretenu, & la facilité qu'ils avoient de se voir tous les jours, leur avoit donné

donné lieu de contracter une a-
mitié si étroite, qu'il sembloit
que rien n'étoit capable de les
séparer. En effet, peut-on souhaiter un bonheur plus parfait,
que celui de voir ses amis, & de
passer la vie ensemble dans une
intelligence que rien ne peut
dissoudre ? Un contre-temps
cruel & fâcheux survint néan-
moins, qui les mit dans la necef-
sité de se quitter ou de perir.
L'eau de l'étang diminuoit tous
les jours par une secheresse extraordinaire, & les canards s'ap-
perçurentque bientôt les moïens
de subsister alloient leur manquer. Quoiqu'avec un grand re-
gret à cause que c'étoit-là le lieu
de leur naissance, cettecontrainte
les fit résoudre d'aller chercher
ailleurs une autre demeure. Ils
virent bien que le voyage leur

cauſeroit de la peine ; mais ils
conſideroient qu'il valoit mieux
ſouffrir quelque choſe, que de
perir dans leur pays. Avant que
de partir, ils allerent prendre
congé de la tortue leur bonne
amie, & lui marquerent le ſujet
qui les obligeoit de ſe ſéparer
d'avec elle, avec une triſteſſe
qui faiſoit connoître leur douleur, & la peine que cette ſépa-
ration leur cauſoit. L'un d'eux
prit la parole : Ce ſont, dit-il,
les fâcheuſes circonſtances du
temps qui nous obligent contre
notre volonté, de nous éloigner
de vous. Il n'eſt pas beſoin de
vous en dire davantage. Vous
ſçavez vous-même à quoi l'on
eſt réduit par les dures neceſſi-
tez qu'elles impoſent, lorſqu'il
en arrive d'auſſi preſſantes que
celles-ci.

La tortue fut furprife & affligée de ce difcours : Ah ! dit-elle , en foupirant ; quelle nouvelle affligeante m'annoncez-vous? Comment penfez-vous que je puiffe vivre fans vous , que je regarde comme l'ame qui me fait vivre ? Non , je fais état de mourir fi vous me quittez. Je fens que je n'ai pas la force de vous dire adieu , jugez comment je fupporterai l'affliction de ne vous plus voir ? Cette penfée m'accable.

Vous devez croire , repartit un des canards , que nous ne fouffrons pas moins que vous. Mais voilà la difette d'eau qui nous réduit à la derniere extremité, & pour peu que nous reftions ici , notre vie eft en danger. C'eft cela qui nous contraint de la fauver par la fuite &

par l'éloignement. Si ce n'étoit cet obstacle, jamais nous ne nous résoudrions de nous séparer d'une amie comme vous, ni de l'abandonner d'un propos déliberé. Cela ne nous feroit pas plus possible, qu'il l'est à un amant de s'éloigner de son amante, lorsqu'il lui a donné son cœur.

Mes chers amis, repliqua la tortue, je ne suis pas moins interessée que vous dans la disette d'eau, & je suis perdue si-tôt que l'étang sera entierement desseché. Faites-moi une grace, je vous en conjure, par notre ancienne amitié, ne me laissez pas en ce lieu de misere, prenez-moi avec vous & me menez où vous allez. Vous êtes mon ame, & vous partez : Lorsque vous serez partis, que deviendra ce corps ?

Chere & ancienne amie, reprit le canard qui venoit de parler, nous vous répetons que c'eſt
avec la derniere douleur que
nous vous abandonnons.    En
quelqu'endroit que nous allions,
notre repos ſera toûjours troublé par votre abſence, & la ſeule
choſe que nous ſouhaiterions au
monde, ce ſeroit d'être en votre
compagnie, & de jouir de votre
entretien. Mais comment voulez vous que nous faſſions? Co-
ſiderez la peine & la difficulté
que ce ſeroit pour nous, avec
notre corps peſant & nos pieds
foibles, de marcher avec vous
par monts, par vallées, & par des
deſerts. D'un autre côté vous ne
pouvez pas auſſi voler avec nous.
De la ſorte, ſoit que nous vou-
lions vous ſuivre, ou que votre
intention ſoit de venir avec nous,

nous ne pouvons pas aller de compagnie.

Vous avez l'esprit libre, insista la tortue, c'est à vous d'imaginer quelqu'expedient. Je ne puis y penser troublée comme je suis ; & dans une conjoncture si malheureuse & si imprévue, un esprit agité comme le mien, n'est pas capable d'application. Quand les deux canards virent que la tortue desiroit si ardemment de n'être pas séparée d'avec eux, ils consulterent ensemble sur le moyen de partir de compagnie, & ils crurent l'avoir trouvé : Réjouissez-vous, lui dit un des canards, nous avons un expedient pour vous tirer d'ici avec nous ; mais il y a du danger pour vous, & il ne s'agit pas moins que d'être brisée & mise en petits morceaux, si vous n'ob-

fervez pas ce que nous avons
imaginé pour vous en préferver.

Seroit il poffible , repartit la
tortue , que je n'obfervaffe pas
une condition qui doit être pour
mon bien , & que pour ma confervation je ne tinffe pas une
promeffe que je vous aurai faite?
Je vous promets donc d'obferver
exactement ce que vous me direz.

Ce que nous exigeons de vous,
reprit le canard , lorfque nous
vous porterons en l'air de la maniere que nous avons imaginée ,
c'eft que vous ne faffiez aucun
mouvement de vos pieds , que
vous ne vous effrayez pas de la
hauteur où nous ferons obligez
de vous élever dans l'air , & que
vous ne vous avifiez point d'ouvrir la bouche pour parler , parce que ceux qui nous apperce-

vront, ne manqueront pas de criailler & de faire mille choses pour traverser notre dessein. Pour tout le bruit du monde, & pour toutes les démonstrations que l'on fera, il ne faut pas cependant que vous fassiez aucun mouvement contre votre promesse, ni que vous ouvriez la bouche pour leur répondre ni en bien ni en mal.

Je serai obeissante, repliqua la tortue, non - seulement pour cette fois; mais encore toute ma vie, & je vous jure que je ne ferai rien contre votre volonté, que je n'aurai point de frayeur, & que je ne dirai pas un mot à qui que ce soit.

Ces précautions prises, les deux canards se munirent d'un bâton d'une grosseur raisonnable, proportionnée au poids qu'ils devoient

devoient porter, le préfenterent
à la bouche de la tortue : Prenez, tenez ferme avec les dents,
lui dit un des canards, & ne lâ-
chez pas que nous ne vous
ayons mis à bas, au lieu de la
demeure que nous allons chercher. Les deux canards prirent alors le bâton chacun par
un bout, s'éleverent en l'air &
partirent. Comme dans leur
route ils paffoient au haut d'un
village, les villageois qui les apperçurent, hommes, femmes,
enfans, grands & petits, forti-
rent de leurs maifons pour voir
un fpectacle fi extraordinaire,
& s'écrierent de tous les côtez
avec admiration : Voyez les
merveilles, deux canards qui
portent une tortue : miracle ! Et
parce qu'ils n'avoient jamais rien
vû ni entendu de femblable, &

que jamais ils ne se fussent imaginez que la chose dût arriver,
leurs cris augmentoient de plus
en plus. La tortue garda le silence quelque temps ; mais enfin la
patience lui échapa, elle voulut
ouvrir la bouche pour s'écrier
contre ces bonnes gens, qu'elle
croyoit porter envie à l'élevation
où elle se trouvoit : mais elle
n'eut pas le temps de leur en faire
des reproches, elle tomba en
terre si rudement, qu'elle en fut
étouffée & écrasée. Les canards
alors laisserent tomber le bâton,
& l'un d'eux lui cria : Insensée
& petite cervelle que vous êtes,
les amis n'ont que des conseils à
donner ; c'est à ceux qui les reçoivent de les écouter & de les
suivre, s'ils ont du bon sens, &
lorsque les Sages parlent, c'est
afin que l'on execute ce qu'ils

difent. Vous pouvez apprendre
de-là, ajoûta la femelle, que
ceux qui ne fuivent pas les confeils de leurs amis, travaillent
eux-mêmes à leur propre perte.

Cela eft fort bon, repartit le
titavis mâle, je compreus toute
la confequence que l'on en peut
tirer ; mais ne craignez rien.
Ceux qui comme vous s'ef-
frayent de la moindre chofe, font
dans des inquiétudes continuelles, & jamais les foupçonneux
& les craintifs ne font en repos.
La mer avec fes vagues nous
fera favorable, elle fçait que
nous ne manquons pas au refpect
que nous lui devons, ainfi elle
ne fera rien qui puiffe lui attirer notre colere.

La femelle contrainte de ceder, commença à faire fes œufs,
& quand elle eut achevé, elle

& le mâle les couverent chacun
à leur tour. Mais quelque tems
après que les petits furent éclos,
la mer s'enfla si extraordinaire-
ment, que les vagues couvrirent
& entraînerent le nid avec les
petits. La femelle en fit une grande querelle au mâle : Opiniâtre,
lui dit-elle, je le sçavois bien,
qu'il ne falloit se fier ni à l'eau
ni à l'air. Pourquoi êtes-vous la
cause de la privation de ce que
nous avions de plus cher, & que
les flots ont absorbé & englouti
notre petite famille ? Voyons
présentement ce que vous ma-
chinerez pour y remedier.

Vos reproches, répondit le
mâle, ne me touchent pas. Je
veux tenir ma parole, & je sçai
de quelle maniere tirer raison
de la mer & de ses vagues. En
disant cela il partit, & alla chez

tous les oiseaux dont il fit affembler les principaux chefs de toutes les efpeces, & après avoir ra-
conté le fujet de fes plaintes :
Vous connoiffez, dit-il en im-
plorant leur fecours, la grandeur
de mon affliction, par le récit
que vous venez d'entendre. Je
vous demande que vous me foïez
favorables, & que vous m'aidiez
de votre protection. Si vous ne
vous liguez tous enfemble pour
obliger la mer de me faire juftice, votre indolence & votre negligence lui enfleront le courage, & lui donneront l'audace
une autre fois de faire le même
traitement aux petits des autres
oifeaux vos confederez. Si cela
arrive, vous devez vous attendre
à une deftruction totale de leurs
efpeces, à moins que dès à préfent ils ne prennent la réfolution

de ceder la place, & d'aller s'é-
tablir ailleurs.

Les oifeaux furpris & touchez
de ce difcours, allerent en corps
à la cour du Griffon, Roy de
tous les oifeaux, qui leur accor-
de l'audience qu'ils lui firent demander. L'un d'eux prit la parole au nom de tous, & expofa
le fujet qui les avoit obligez de
venir : Si votre Majefté, ajoûta
t-il, a compaffion des mauvais
traitemens faits à fes fujets, &
fi elle eft dans la réfolution de
châtier ceux qui les ont offenfez, nous la reconnoiffons pour
le fouverain monarque des oifeaux, & pour le digne genera-
liffime des armées du grand Sa-
lomon. Mais fi vous aviez la du-
reté de negliger la vengeance
des offenfez, & de refufer de
détruire ceux contre qui ils ont

un fujet de plainte fi jufte ; nous
vous déclarons avec douleur,
que nous ferions contraints de
vous dépouiller de la fouveraine
puiffance, & de la tranfporter
à un autre qui feroit plus exact
à en faire la fonction. Nous ef-
perons que vous ferez attention
à l'équité de notre remontrance,
& que vous ne nous réduirez
pas à la dure neceffité de manquer au refpect que nous vous
devons.

Quoiqu'il y eût beaucoup de
hardieffe dans cette harangue,
le griffon neanmoins l'attribua
au zele des oifeaux, plûtôt qu'à
un efprit de révolte, & les é-
couta favorablement. Il ne fe
contenta pas de les affurer fim-
plement de fa protection, il partit en même temps à leur tête,
& prit la route de la mer des

L iiij

Indes, dont il borda le rivage
avec l'armée puiſſante & nom-
breuſe des oiſeaux, tous animez
& bien réſolus de faire leur devoir de leur bec & de leurs
griffes.

A l'arrivée du griffon, le ze-
phyr qui mettoit les vagues en
mouvement, en apprit la nouvelle à la mer, & la mer qui ne
connoiſſoit pas moins la puiſſan-
ce & l'animoſité des oiſeaux,
que l'impuiſſance où elle étoit de
ſoutenir la guerre qu'ils lui a-
voient déclarée, fit ſon accom-
modement, & rendit les petits
titavis, dont elle avoit épargné
la vie en les entraînant dans
leur nid.

Si foibles que ſoient les ennemis, ajouta Demneh, vous voïez
par là que jamais il ne faut les
mépriſer. L'aiguille toute petite

& déliée qu'elle eſt, perfection-
ne des ouvrages, dont les piques
avec leur grandeur & leur groſſeur, ne peuvent venir à bout.
Les Philoſophes moraux aſſu-
rent auſſi, que mille amis ne ſuf-
fiſent pas pour s'oppoſer à un
ſeul ennemi. L'on dit de plus,
que ce n'eſt pas aſſez d'amis,
d'en avoir mille, & que c'eſt
trop d'ennemis d'en avoir un
ſeul.

Afin de ne point paſſer pour
un ingrat, dit Choutourbeh en
reprenant la parole, je ne com-
mencerai pas les actes d'hoſtili-
tez le premier. Mais ſi le lion
m'attaque, je ferai tout ce qui
ſera en mon pouvoir pour défendre ma vie, afin que l'on con-
noiſſe que je ne ſuis pas un lâche, & que je ne manque ni de
cœur, ni de courage.

Demneh ravi de voir Chou-
tourbeh dans cette réfolution,
dit pour l'y fortifier, lorfque
vous verrez que le lion fe levera
de fon féant, qu'il marquera la
terre de fes ongles; qu'il la fra-
pera de fa queue; qu'il renifle-
ra, qu'il rugira, & qu'il aura
les yeux élevez & enflammez,
fçachez que cela s'adreffera à
vous, & qu'il aura réfolu votre
mort. Je vous fuis très-obligé,
repartit Choutourbeh, je ne
feindrai pas je vous affure, à la
moindre de ces marques, & l'on
ne me verra pas reculer en arriere, je donnerai d'abord fur
lui.

Demneh laiffa Choutourbeh
dans ce fentiment où il avoit
defiré de le voir, & après avoir
pris congé de lui, il fe retira
avec joie & en riant en lui-mê-

me, du bon acheminement de
ses tourberies. De chez Choutourbeh, il alla rejoindre Kelileh, & Kelileh lui demanda : Eh
bien, comment vont vos affaires ? Où en êtes-vous avec Choutourbeh ? Je rends graces au
ciel de mon bonheur, répondit
Demneh, tout va le mieux du
monde, je me suis mis l'esprit
dans une tranquillité entiere,
& j'ai réussi avec toute la facilité imaginable. Par ces paroles,
il fit connoître la disposition de
son cœur, & la joie interieure
dont il jouissoit. Mais par la tem-
pête qui s'éleva contre lui, le
temps fit connoître la verité de
la Maxime, qui dit, que ceux
qui se réjouissent seroient heureux, si leur joie étoit constante, & si elle duroit toûjours.

Kelileh & Demneh ne pouf-

ferent pas la converfation plus
loin ; ils partirent enfemble pour
aller faire leur cour , & Choutourbeh arriva prefqu'en même
temps qu'eux. Selon la leçon de
Demneh , de fi loin que le lion
apperçut Choutourbeh , il commença de prendre un air de gra-
vité , d'armer fes yeux de colere , & de répandre en même
temps la frayeur autour de lui ,
en éguifant fes ongles & en grin-
çant des dents.

Choutourbeh connut fort bien
fon malheur à toutes ces marques , & il ne douta pas qu'il ne
fût au dernier moment de fa vie.
Il avança courageufement vers
le lion , & après qu'ils fe furent
donnez de part & d'autre les
fignes dont Demneh les avoit
prévenùs , il y eut un fanglant
combat entre eux ; la furie fut

fi grande, qu'ils firent trembler tous les lieux des environs par leurs cris effroyables.

Pendant que tous les animaux étoient attentifs à ce fpectacle, Kelileh avoit tiré Demneh à part, & lui faifoit de fanglants reproches fur ce qui fe paffoit : Malheureux, lui dit-il, c'eft donc vous qui êtes la caufe de cette fanglante cataftrophe ? Ne vous appercevez-vous point de la fin malheureufe qui vous attend ? Quelle fin malheureufe appercevez-vous vous-même, repartit Demneh, je ne vois rien en ce qui fe paffe dont je doive m'affliger.

Vous êtes l'auteur de cette affaire, reprit Kelileh, & en allumant ce feu, vous avez manifeftement commis des fautes irréparables. Premierement, fans

qu'il y eût aucune neceſſité,
vous avez engagé votre bienfacteur dans le danger où il eſt
préſentement de perdre la vie.
En ſecond lieu, vous manquez
à la reconnoiſſance des obliga-
tions que vous lui avez, en le
jettant dans une infamie irréparable, par une action de cette
violence & indigne de lui, que
vous lui avez fait commetre. En
troiſiéme lieu, vous êtes cauſe
de la mort & de la perte de
Choutourbeh ſans ſujet. En
quatriéme lieu, vous êtes vous-
même ſon aſſaſſin, & coupable
de ſa mort. Cinquiémement,
vous donnez occaſion à tous les
ſujets du Roy, d'entrer en des
ſoupçons très-déſavantageux à ſa
Majeſté ; peut-être même qu'ils
l'abandonneront tous, ſe retire-
ront ailleurs, & préfereront tout

ce qu'un œil a de plus affreux, aux suites fâcheuses qu'il auront sujet de craindre. En sixiéme lieu, vous faites perir le chef de l'armée de sa Majesté, & vous êtes responsable du désordre qui en naîtra. Vous faites voir vous-même, enfin, votre foiblesse & votre peu de courage, par les moyens bas & indignes dont vous vous êtes servi pour arriver à votre but. Vous m'aviez fait entendre que la chose se passeroit avec douceur, & vous avez fait tout le contraire. Après cela, n'ai-je pas raison de vous demander, si vous ne voyez pas la fin qui vous attend ? La sédition dort, dit le Proverbe, & Dieu maudit celui qui la réveille. Mais cette menace n'a pas été capable de vous toucher.

Vous n'avez peut-être pas en-

tendu dire, repliqua Demneh,
qu'il faut employer la force, où
l'esprit ne fournit pas de moyens.

Cette réponse, reprit Kelileh, ne justifie pas votre conduite. Il ne paroît pas que vous
ayez employé tous les moyens
dont votre esprit étoit capable,
comme vous le prétendez. Vous
avez été droit à la violence comme au moyen le plus prompt
pour ruiner d'abord toutes les
loix de l'amitié. Vous n'ignorez
pourtant pas, que la prudence
est au dessus de la valeur, &
que le Sage fait plus par ses paroles, qu'il n'opereroit à la tête
de l'armée la plus puissante & la
plus invincible. J'ai toûjours connu par vos belles entreprises,
que vous êtes enyvré d'amour
propre. Je m'imaginois qu'à la
fin vous reviendriez de cet éga-
rement,

rement, & de cet affoupiſſement
épouvantable. Mais puiſque vous
y perſiſtez, il eſt temps que je
vous reproche votre inſenſibilité
inouie, & que je vous mette devant les yeux quelques-unes de
vos infamies. Elles ſont en trop
grand nombre pour entreprendre de vous les repréſenter toutes. Mais je puis vous en faire
reconnoître quelques-unes plus
clairement que le jour.

Demneh interrompit Kelileh
en cet endroit : Je ne doute pas,
dit-il, que je n'aye dit & fait un
grand nombre de choſes inutiles
depuis que je ſuis au monde,
l'amitié demande que vous m'a-
vertiſſiez de ce que vous en avez
remarqué.

Vos vices, reprit Kelileh, vos
égaremens & vos méchancetez,
comme je vous l'ai déja dit, ſont

*Tome II.* M

en fi grand nombre, qu'il feroit
difficile d'en faire un dénombre-
ment exact. Une de vos plus grands
défauts, c'eft celui de croire que
vous n'en avez pas, & de dire
toujours beaucoup plus que vous
ne faites. L'endroit cependant
par où un Monarque reçoit le
plus de dommage, c'eft lorfque
les actions de leurs Miniftres ne
répondent pas à leurs paroles.
L'on eft partagé en quatre claf-
fes differentes en ce qui regarde
les paroles & les actions. Les uns
difent & ne font pas, & ce font
des-calomniateurs & les méchans
de profeffion. D'autres ne difent
rien & agiffent puiffamment, &
c'eft ce que pratiquent les honnêtes gens. D'autres difent qu'ils
agiront, & agiffent en effet dans
le temps, ceux-ci ne font pas fi
eftimables que les précedens ;

mais au moins ils tiennent leur
parole. Les derniers, enfin, ne
difent ni n'agiffent, & ce font
ceux qui n'ont ni courage ni
élévation d'efprit. Pour vous,
vous êtes de ceux qui difent
qu'ils agiront, & ne font rien de
ce qu'ils avancent. Et pour ne
rien déguifer, après avoir bien
examiné votre conduite & toutes vos manieres, je trouve non
feulement que vous dites beaucoup plus que vous ne faites;
mais même que fous l'apparence
d'une grande vertu, vous cachez
une infinité de défauts. Le lion
perfuadé par vos difcours pernicieux, a fait une entreprife dont
l'execution va mettre tout ce
pays en défordre, troubler le repos de tous fes fujets & caufer
leur perte. Tout cela ne fe fera
pas fans mille maledictions, qui

tomberont toutes fur votre tête,
& par l'évenement vous verrez
que ceux qui ne font que du
mal, finiffent malheureufement;
& que rompre les branches de
l'arbre, c'eft s'ôter à foi-même
l'efperance d'en manger le fruit.

Pour fe défendre & s'excufer
fur tous les points : Le Roy, dit
Demneh, m'a choifi pour l'aider de mes confeils, en qualité
de Vizir & de Miniftre. J'ay
fuivi mon devoir, & je lui ai in-
finué ce qu'il m'a parû qu'il pouvoit faire de plus avantageux
pour la confervation de fa perfonne.

Allez, repartit Kelileh, vous
mériteriez avec votre fauffe éloquence, que la terre s'ouvrît
pour vous engloutir. Votre deffein étoit formé, & votre intention étoit que le Roy entrât dans

vos fentimens , & qu'il fervît
d'inftrument à votre paffion.
Comment vouliez - vous que le
Roy fît une bonne action , pendant que votre confeil tendoit
à lui en faire faire une méchante ? Ce que vous fçaviez étoit
bien meilleur , & vous ne deviez
pas le lui cacher. Mais la fcience fans la pratique , eft comme
la cire feparée du miel , & comme un tronc d'arbre fec & pour-
ri , qui n'eft bon qu'à être jetté
au feu. La fcience doit être con-
fiderée comme un arbre , & la
pratique comme le fruit qu'elle
porte. Cinq chofes , felon les Phi-
lofophes , ne font d'aucune utilité , la parole fans effet , les richeffes fans œconomie , la fcience fans les bonnes mœurs , l'au-
mône faite fans intention & hors
de propos , & la vie fans la fanté.

Un Roy peut de lui même, être
un Monarque rempli de juftice,
& éloigné de toute tyrannie ;
mais un Vizir mal intentionné,
& d'un naturel dereglé, n'eft
que trop capable d'empêcher
que cette juftice ne fe faffe
reffentir par les fujets, & que
jamais leurs maux ne puiffent
venir à la connoiffance du Prince, en leur fermant les voies de
lui en faire des remontrances.
En cela, leur fort eft femblable
à celui d'un homme preffé de la
foif, qui s'approche d'une riviere ; mais qui y apperçoit un
crocodile, dont la vûe lui ôte la
hardieffe de puifer de l'eau pour
boire.

De tout temps, dit encore
Demneh pour fa défenfe, mon
deffein a été d'arriver au bonheur d'avoir la faveur d'un Prin-

ce, & je loue Dieu de ce que je
suis venu à la fin de mon souhait
par le poste que j'ai auprès du
Roy. En y entrant ma vue a été
de servir, comme je le devois,
celui qui m'a fait l'honneur de
me recevoir en ses bonnes graces, de lui être fidele, d'être
assidu à lui faire ma cour, & de
me rendre digne de sa protection, & je crois y avoir réussi.

Là dessus, dit Kelileh, les
Ministres les plus éclairez & les
plus capables de remplir leur
dignité, s'appliquent sur toute
chose, à rendre la cour de son
Souverain éclatante & nombreuse. Mais votre unique application est d'éloigner tout le
monde d'auprès de la personne
du Roy, & de faire un desert
de sa cour, afin que vous soyez
le seul qui approche de lui, &

que perſonne que vous n'ait la
liberté de lui parler. Pour ne
vous pas flater, cette maniere
d'agir eſt la plus haute folie que
l'on puiſſe imaginer ; en effet,
il n'eſt pas poſſible d'empêcher
qu'un Prince abſolument n'ait
communication avec perſonne.
Ne vous y abuſez pas , il en eſt
des Princes comme des beautez.
Plus une beauté a d'amans , plus
elle a de gloire. De même , plus
la cour d'un Prince eſt nom-
breuſe , & plus il y a de courti-
ſans , plus le Prince eſt eſtimé &
conſideré. Je vous le répete encore , cette paſſion dereglée de
poſſeder le Prince vous ſeul , à
laquelle vous vous êtes abandonné , eſt une marque de l'excés
de votre folie : & de cinq ſortes
de folies que les Philoſophes ont
remarquées , la vôtre eſt de la
premiere

premiere claſſe. C'eſt , diſent-
ils, être fou, que d'établir ſon
bonheur ſur le malheur d'autrui,
d'entreprendre de ſe faire aimer
des dames par la rigueur & par
des marques de haine , plutôt
que d'amour ; de prétendre devenir ſavant au milieu du repos & des plaiſirs ; de chercher
de l'amitié en négligeant les devoirs d'ami , & enfin , lorſqu'on
eſt ami, de ne vouloir ſe ſoumettre à aucune des choſes, dont
les amis peuvent avoir beſoin.
L'excès de bonté & d'amitié que
j'ai pour vous , fait que je vous
dis tout ceci ; je ſçai fort bien
neanmoins que mes remontrances ne feront pas d'impreſſion
ſur votre eſprit , & que mes conſeils ne ſont pas capables de diſſi-
per les ténebres épaiſſes , que
l'inſenſibilité, la haine & l'envie

forment autour de votre cœur.
Mais de même que de l'eau, si
claire qu'elle puisse être, n'est
pas capable de blanchir du drap
teint en noir ; de même aussi rien
n'est capable de faire changer
un méchant naturel comme le
vôtre. Quelqu'effort que je fasse
pour vous faire rentrer en vous-
même, il est de moi comme de
celui qui s'efforçoit de persuader
à un oiseau, de ne perdre pas sa
peine à donner des conseils, &
ne put gagner sur lui qu'il se tut,
ce qui fut cause que l'oiseau
trouva ce qu'il ne cherchoit pas.
**Demneh pria Keliléh de lui ex-
pliquer cet enigme, & Keliléh
le satisfit en la maniere suivante.**

# LES SINGES,

## L'OISEAU,

### ET

## LE VOYAGEUR.

### *FABLE.*

UNE troupe de singes, à ce que l'on rapporte, faisoient leur demeure sur une montagne où ils trouvoient des vivres en abondance. Une nuit, à l'entrée de l'hyver, un aquilon terrible & extraordinaire vint troubler leur repos ; il ne glaça pas seulement l'eau dont ils buvoient, il les saisit même d'un froid si cuisant, que peu s'en fallut que leur ame ne demeurât gelée dans

N ij

leur corps. Dans l'embaras où
ils se trouvoient, le lendemain
dès qu'il fut jour, ils cherche-
rent un abri contre le froid &
contre la neige qui commençoit
de tomber, & dans leur chemin
par hazard, ils rencontrerent un
morceau de cristal qui brilloit,
ils crurent que c'étoit un char-
bon de feu, ils amasserent du
bois à l'entour, & se mirent à
souffler pour le faire allumer &
se chauffer. Un oiseau les vit dans
cette occupation de dessus un
arbre voisin : Mes amis, leur cria-
t-il, à quoi vous amusez-vous ?
Quittez votre dessein, ce que
vous croyez être du feu n'en est
pas. Vous ne l'échaufferez jamais. Vous faites la même chose
que si vous vouliez étendre du fer
à sec, & amollir une pierre naturellement dure. L'oiseau parle

tant qu'il lui plut, les singes ne cesserent pas de souffler.

Un voyageur qui passa par ces endroit-là, s'arrêta pour être spectateur de cette scene, & voulut persuader à l'oiseau que ses conseils étoient inutiles par la connoissance qu'il avoit de l'indocilité, & de l'opiniâtreté des singes : Ecoute, lui dit-il, je le pardonne à ta simplicité ; mais croi-moi, épargne-toi la peine que tu te donne, tes conseils sont inutiles, & tu altere tes poumons mal-à-propos. Malgré tes discours, les singes ne cesseront pas leur entreprise, ne te tourmente donc pas davantage. Tu fais la même chose que si tu semois de la graine de colloquinte, pour faire venir des cannes de sucre, & que si tu voulois faire de la theriaque avec du sublimé. 

N iij

L'oiseau obstiné laissa dire le voyageur. Comme il crut qu'il étoit trop éloigné, & que les singes ne l'entendoient pas, de tendresse qu'il avoit pour eux, il descendit de branche en branche pour leur parler de plus près, & les tirer s'il pouvoit, de la peine où ils étoient. Les singes qui virent qu'il approchoit, allerent au pied de l'arbre, & avant qu'il eût mis pied à terre, ils lui séparerent la tête d'avec le corps. Vous pouvez vous reconnoître en cette histoire, ajoûta Kelileh. Pour moi je perds mon temps inutilement, en voulant vous mettre dans le bon chemin. Il n'y a pas esperance que vous vous corrigiez. Je ne sçai même si je ne m'attirerois pas quelque malheur, en vous parlant si librement.

Le foupçon que vous avez de
moi, reprit Demneh, me fait
injure. Je ne fuis pas tellement
plongé dans le vice, qu'il ne me
refte quelque fentiment d'honneur. Vous fçavez que l'on a
toûjours donné les confeils les
plus défagréables en fûreté, à
ceux qui n'en font pas entierement dépourvus. Je vous fupplie
de croire que je fuis encore de
ce nombre. Ufez-en envers moi
comme vous en uferiez envers
eux, & dites-moi toutes chofes
avec liberté, quand même je ne
devrois pas en profiter.

Je ne me laffe pas, repart Kelileh, de vous dire ce qui vous
eft avantageux. Mais quel fruit
puis-je en efperer, dans le temps
que vos affaires font dans un fi
mauvais état, que vous avez
vous-même creufé votre ruine

par vos intrigues frauduleuses;
& ce qui est le plus étonnant, dans
le temps que vous êtes dans les
mêmes pensées, sans vouloir en
démordre. Vous vous repentirez
un jour, vous vous affligerez,
& vous vous reprocherez à vous-
même le mal que vous avez fait,
mais ce sera inutilement. Ceux
qui cabalent pour détruire les
autres sans en prévoir les suites,
tombent dans l'ignominie, & enfin dans une perte irréparable.
C'est ce qui arriva à Tizouche
qui avoit infiniment de l'esprit,
mais qui s'en servoit à des ruses
& à des fourberies, pendant que
son compagnon de voyage, qui
n'avoit ni esprit ni finesse, ac-
quit la gloire qu'il meritoit par
sa droiture & par l'uniformité
de ses actions. L'histoire que je
veux bien vous en dire, devroit
vous servir d'exemple.

# LES
# DEUX VOYAGEURS.
## FABLE.

DEUX habitans d'une même
ville, firent societé ensemble, & se mirent à voyager dans
l'intention de negocier de com-
pagie. Le premier qui se nommoit Tizouche, conformément
à la signification de son nom,
qui est Persien, avoit l'esprit fin,
subtil & penetrant ; & le second
qui s'appelloit Hazim, suivant
la signification du sien, qui est
Arabe, l'avoit simple ; mais droit
& ferme dans les résolutions.
Dans leur route, aprés avoir
marché quelques journées, ils

trouverent un fac plein de monnoye d'or, dont la fomme étoit
fi confiderable, qu'il n'en falloit
pas davantage pour faire la fortune de deux marchands auffi
médiocres qu'ils l'étoient l'un &
l'autre.

Sur cette bonne rencontre:
Camarade, dit Tizouche à Hazim, une infinité de gens, aprés
s'être bien donnez de la peine
pour y parvenir, n'ont pas fait
une fi groffe fortune que celle
que nous venons de faire. Sans
nous fâtiguer davantage & fans
aller plus loin, je fuis d'avis que
nous abandonnions le deffein de
voyager, que nous nous con-
tentions de la bonne fortune que
nous venons de trouver, & que
nous retournions chez nous avec
ce tréfor. Il nous arrive le contraire de ceux qui fe tuent le

corps & l'ame pour devenir riches. Les richeſſes ne leur viennent qu'après avoir beaucoup
ſouffert, & nous voilà riches
dès le commencement de notre
travail. Croyez-moi, ne paſſons
pas outre, nous ferons beaucoup
plus ſagement de rebrouſſer chemin. Hazim conſentit à ce que
Tizouche voulut, & ils retour-
nerent ſur leurs pas. Lorſqu'il
furent environ à une journée de
leur ville : Puiſque notre voyage va finir, dit Hazim à Tizouche, & qu'il en ſera de même
de notre ſocieté, partageons ce
tréſor également entre nous
deux, afin que nous jouiſſions
chacun de notre portion, & que
nous en diſpoſions comme bon
nous ſemblera.

Tizouche ſongeoit à tromper
ſon compagnon : Cette propoſi-

tion de partage, répondit-il, ne convient pas à la durée de notre societé dont je m'étois flatté. Sans venir si-tôt à cette extremité, il me semble que nous ferions mieux de prendre chacun ce qui peut nous être necessaire pour le présent, & de cacher le reste en quelque lieu de sûreté, pour le conserver & en prendre de même successivement de temps en temps, afin qu'il nous dure davantage.

Hazim qui trouvoit bon tout ce que l'on vouloit, se laissa tromper par ce discours. Ils tirerent du sac chacun une portion égale, assez mediocre, & ils enterrerent le reste au pied d'un arbre à une petite distance de la ville, où ils arriverent, & se retirerent chacun chez soi.

Quelques jours après, Tizouche, fans en donner avis à Hazim, part de grand matin & va déterrer le tréfor, qu'il emporte pour lui feul. Hazim n'eut pas pas le moindre foupçon de la fraude de Tizouche, & lorfqu'il eut achevé de dépenfer, felon fes befoins, la fomme qu'il avoit eu en partage, il alla trouver Tizouche : Mon ami, lui dit-il, allons prendre chacun une autre portion, je n'ai plus rien de la premiere, & j'ai grand befoin d'argent. Tizouche diffimula le vol qu'il avoit fait : Que vous en ayez befoin, répondit il, ou que vous n'en ayez pas befoin, cela n'importe, allons, partons. Ils partirent enfemble fur le champ, & fe rendirent au pied de l'arbre ; ils fouillent, ils cherchent, & ne trouvent rien après beaucoup de peine. Tizouche leur l'effronterie de prendre Hazim au collet : C'eſt toi, lui dit-il, qui a pris cet or, perſonne que toi ne ſçavoit qu'il fût caché en cet endroit. Hazim s'écria auſſi-tôt qu'il ne ſçavoit ce que c'é-toit, & fit des efforts pour faire quitter priſe à Tizouche : mais Tizouche le tint ferme, & le mena par force devant le Cadis, auquel il fit ſa plainte, & de-manda juſtice.

Hazim nia le fait conſtam-ment, jura que c'étoit une pure calomnie, & qu'il étoit innocent du vol dont il étoit accuſé. Le Cadis demanda des preuves à Tizouche : Seigneur, répondit-il, je n'ai pas d'autre témoin que l'arbre au pied duquel le tréſor a été enterré. Quoiqu'il ſoit in-ſenſible & muet, la confiance que j'ai ſur la juſtice de ma cauſe est si grande, que j'espere neanmoins qu'il prendra la parole pour rendre témoignage de la verité contre ce perfide & ce voleur, qui m'a privé de la part qui m'est due.

Le Cadis embarrassé par la hardiesse de l'accusateur, condescendit à prendre la peine d'aller entendre le témoignage qu'on lui proposoit. Il donna ordre aux parties pour se trouver le lendemain au pied de l'arbre, où il se rendroit lui-même. Tizouche raconta l'affaire à son pere, & ne lui déguisa rien, pas même la vilaine action qu'il avoit faite. La confiance que j'ai en vous, ajoûta-t-il, m'a fait imaginer de prendre l'arbre pour témoin, & le bon succés en est fondé sur le courage & la hardiesse que vous aurez en cette rencontre. Pour

peu que vous vouliez m'aider,
non-feulement tout le tréfor nous
demeurera, nous aurons même
la fomme à laquelle Hazim fera
condamné fi nous gagnons notre
caufe, & avec cela nous vivrons
à notre aife & nous n'aurons befoin de rien le refte de notre vie.
Le pere au lieu de reprendre
fon fils d'une action fi noire:
Que faut-il, dit il que je fafle,
afin que la chofe réuflifle comme tu l'entends? Mon pere, reprit le fils, l'arbre dont il s'agit
eft creux, deux perfonnes même
peuvent aifément y demeurer
fans être vûs. Il faut que vous
alliez vous cacher cette nuit, &
que demain, lorfque le Cadis
fe préfentera devant l'arbre, &
qu'il le fommera de rendre le
témoignage dont il s'agit, vous
le rendiez dans les termes convenables,

venables , qui marquent que ce n'eſt pas moi , mais Hazim qui a enlevé ce tréſor.

Quoique le pere n'eût pas la conſcience fort délicate , il eut neanmoins beaucoup de répugnance à condeſcendre à ce que ſon fils exigeoit de lui. Mon fils , lui repliqua-t-il , abandonne ce deſſein de fraude & de tromperie. Tu peux bien tromper la creature , mais crois-tu que tu tromperas de même le créateur ? Je veux que tu impoſe à notre Cadis , mais avec quel front impoſeras-tu au Juge de tout l'Univers ? Celui qui connoît tes chevaux un par un , & la moindre petite veine de ton corps , connoît auſſi ton ſecret. Les fraudes, les fineſſes & les fourberies , retombent toûjours ſur leurs auteurs , & les couvrent

d'ignominie devant tout le monde. Prens garde qu'il ne t'arrive
la même chose qu'à une certaine
grenouille, qui perit par les mêmes armes dont elle s'étoit servie
pour faire perir un serpent son
ennemi. Je veux te raconter cette
fable, qui peut te servir d'e-
xemple.

# LA GRENOUILLE,

## LE CANCRE,

### ET

## LE SERPENT.

### *FABLE.*

UNE grenouille, continua
le pere, avoit choisi le lieu
de sa retraite dans un endroit,

prés duquel un serpent faisoit
aussi la sienne, de sorte qu'ils é-
toient voisins l'un de l'autre.
Mais toutes les fois que la grenouille faisoit des petits, le serpent s'étoit fait une habitude de
les dérober l'un après l'autre, &
cela causoit à la grenouille une
douleur inexprimable de se voir
ainsi privée de la satisfaction de
les élever. Elle fut un jour trouver un cancre, avec lequel elle
avoit lié une amitié étroite, pour
lui demander conseil, & le prier
de lui enseigner quelque moyen
qui la tirât hors de peine : Cher
ami, lui dit-elle, je viens implo-
rer votre secours, j'ai un ennemi terrible & fâcheux, qui
m'impose une loi la plus dure
que l'on puisse imaginer. De la
maniere dont je suis traitée, il
n'est pas possible que je puisse

O ij

rester dans le lieu où je fais ma
résidence. D'un autre côté, j'ay
de fortes raisons pour ne pas l'a-
bandonner, parce qu'il est dans
une prairie la plus agreable & la
plus commode du monde pour
vivre à mon aise, par le voisinage d'une fontaine très-pure &
très-claire, dont les environs
sont bordez de rosiers, & accompagnez de tant d'autres agrémens, que personne, non plus
que moi, ne pourroit se résoudre
d'abandonner un lieu comme
celui-là, qui va de pair avec les
jardins du Paradis terrestre. Je
le trouve enfin si fort à mon gré,
que je ne le quitterois pas pour
un monde entier.

J'ai compassion de votre douleur, dit le cancre à la grenouille. Ne vous chagrinez pas davantage, si fier & si puissant que

soit un ennemi, l'on a des moïens pour le terrasser. L'esprit est capable de bien des choses, il fait réussir les entreprises les plus difficiles, & l'on est capable de tout, pour peu que l'on ait de génie.

La grenouille conçut de bonnes esperances de ce discours : Eh bien, demanda-t-elle, par quelle adresse croyez-vous que je puisse trouver du secours dans l'embarras où je suis ? A votre avis, que dois-je faire pour me délivrer d'un ennemi si cruel ?

Un crocodile terrestre, répondit le cancre, qui demeure dans notre voisinage, en un endroit que je vous enseignerai, fait ses délices de vivre de serpens aussi bien que de poissons. Prenez un certain nombre de poissons, & d'espace en espace, peu éloignez l'un de l'autre, difpofez les depuis le trou du crocodile jufques à celui du ferpent, le crocodile mangera les poiffons depuis le premier jufqu'au dernier , & n'épargnera pas le ferpent lorfqu'il fera arrivé à fon trou. Par ce moyen il vous délivrera de lui , & vous vengera de tous les maux qu'il vous a fait.

La grenouille apprit où étoit le trou du crocodile terreftre , executa le confeil du cancre , & fit perir le ferpent par cette adreffe. Mais deux ou trois jours après, le crocodile attiré par la bonne rencontre qu'il avoit faite, fortit de fon trou , & en fuivant la même route qu'il avoit tenue , il ne trouva ni poiffon ni ferpent ; par malheur pour la grenouille, il fe détourna un peu à côté, la rencontra elle-même,

& la mangea avec ſes petits.
Mon fils, ajoûta le pere, tu
comprens bien par là que la fin
des fourbes eſt toûjours malheu-
heureuſe, que leur ſort eſt de
perir, & que tu t'expoſe toi-
même à une perte infaillible.

Mon pere, repliqua le fils, ne
m'en dites pas davantage, le
danger n'eſt pas ſi grand que
vous le faites. Il y va de mon
honneur de ne pas reculer, nous
n'avons preſque rien à riſquer,
& nous avons à faire un grand
profit.

Le bon vieillard qui ne vouloit pas déſobliger ſon fils, ſe
laiſſa perſuader de participer à
ſon crime, & par ſon exemple il
fit voir la verité de la Maxime,
qui dit, en s'adreſſant aux pe-
res : Vos enfans & vos richeſſes ſont cauſe de votre perte. Il

abandonna donc tous les bons
fentimens où il étoit d'abord, &
après avoir donné fon confentement à ce qu'il avoit défaprou-
vé, il partit pendant la nuit, &
alla fe cacher dans le creux de
l'arbre.

Le lendemain au lever du foleil, le Cadis accompagné des
principaux de la ville, & fuivi
d'une grande multitude de peuple, curieux de voir le fuccès
de cette affaire, fe mit en chemin & arriva au rendez-vous.
Il obferva les formalitez réqui-
fes, en raportant en peu de mots
l'affirmation de l'accufateur, &
le défaveu de l'accufé, aprés
quoi ayant fommé l'arbre de dire
la verité, auffi-tôt il entendit
cette voix : *C'eft Hazim qui a*
*enlevé le tréfor, & fruftre Tizou-*
*che de ce qui lui appartenoit.*

Le

Le Cadis qui ne s'attendoit
pas que l'arbre dût parler, parut d'abord étonné ; comme il
s'apperçut neanmoins qu'il étoit
creux, il se douta que c'étoit un
homme caché qui avoit parlé, &
fit voir que la sagesse découvre
les secrets les plus cachez. Au
lieu de prononcer le jugement
que l'on attendoit avec impatience, il ordonna que l'on apportât
quantité de bois autour de l'arbre, & que l'on y mît le feu.
Le vieillard le laissa allumer ;
mais la flamme fut si violente
qu'il poussa bientôt de grands
cris en demandant quartier. Le
Cadis fit aussi-tôt écarter le bois
allumé, & le vieillard qu'on tira
de sa niche à demi grillé, a-
voua la chose comme elle étoit,
& expira quelques momens a-
près en présence de tout le mon-

de. Le Cadis déclarant alors
Hazim innocent, condamna Tizouche à lui rendre ce qui lui
appartenoit, se contentant d'u-
ne sentence si moderée, parce
qu'il le crut suffisamment châ-
tié par la mort de son pere, &
par la honte & l'infamie qui lui
restoient. Vous voyez, ajoûta
Kelileh, de quelle maniere les
fourberies sont suivies, d'une
fin très-malheureuse, & que le
mal que l'on fait aux autres, re-
tombe ordinairement sur son
auteur.

Il vous est permis, repliqua
Demneh, de donner les noms
de fraude & de fourberie à ma
sagesse & à ma bonne conduite.
Après avoir poussé l'affaire par
mon esprit au point où elle est,
vous voyez cependant que je
suis encore au même état & au

même poste où j'étois, & il ne
m'est rien arrivé de ces prédi-
ctions.

Ce que vous dites-là, dit Kelileh en interrompant Demneh,
fait bien voir votre peu de bon
sens, & que vous avez l'esprit
borné plus qu'on ne peut le
croire. Je vous le répete encore
une fois, vous verrez dans peu
de temps, l'avantage que vous
aurez remporté de la tromperie
que vous avez faite à votre Roy
& à votre bienfacteur, & le
malheur qui vous arrivera des
calomnies & des impostures que
vous avez avancées.

Je ne sçai pas le mal que vous y
entendez, repliqua encore Demneh, en retournant la chose comme en plaisanteries mais je ne vois
pas le grand dommage qu'il y a
d'être un peu double. La rose

n'eſt la reine des jardins, que
parce que ſes feuilles ſont à double face; c'eſt à-dire, également
belles de l'un & de l'autre côté.
Croyez-moi, il y a ſouvent de
l'avantage à dire d'une maniere
& à penſer d'une autre. C'eſt un
moyen aſſez ſûr, pour acquerir beaucoup de biens & de richeſſes.

N'ayez pas la préſomption de
vous comparer à la roſe, repartit Kelileh. Vous n'avez pas les
perfections que vous vous imaginez. L'on a plus de raiſon de
vous comparer à l'épine qui accompagne la roſe, vous qui n'ê-
tes propre qu'à cauſer du mal.

Voilà aſſez de corrections,
reprit Demneh. Le mal n'eſt
pas ſi dangereux que vous le
faites, & du moment que nous
parlons, peut-être que le lion

& Choutourbeh fe font raccom-
modez, & qu'ils font meilleurs
amis qu'ils n'étoient auparavant.

Ce que vous dites ne peut ê-
tre, repliqua brufquement Kelileh, & vous ne fçavez pas que
trois chofes demeurent en l'état
où elles font; tant que trois chofes n'arrivent pas, & qu'elles
changent d'une maniere à ne
plus retourner à leur premier
état, dès que ces trois autres
chofes font arrivées. Premierement, l'eau douce d'une fontaine demeure toûjours douce,
tant qu'elle ne rencontre pas la
mer ; s'eft-elle une fois mêlée
avec l'eau de la mer, elle perd
fa douceur pour toûjours. En
fecond lieu, la paix fubfifte
entre les parens, tout le temps
qu'une méchante langue ne fe

P iij

mêle pas de mettre la division
entre eux ; dès qu'ils ont écouté
de faux rapports, il ne faut plus
esperer qu'ils s'aiment, ils s'é-
vitent, ils se séparent, & ne se
rejoignent plus. En troisiéme
lieu, la même chose arrive entre les amis. Leur amitié est
constante tout le temps qu'ils
n'écoutent pas, & qu'ils rejet-
tent les rapports que l'on vient
leur faire de l'un & de l'autre ;
mais lorsqu'un envieux est venu
à bout de se faire écouter par
l'un des deux, leur amitié se
rompt & se change en une inimitié irréconciliable. Je veux
que Choutourbeh puisse écha-
per des pattes du Roy des animaux, après cela croyez-vous
en bonne foi que Choutourbeh
puisse jamais se fier aux caresses
& aux honnêtetez du lion ; ou

que jamais il rentre en aucun commerce avec lui ? Il suffit qu'il y ait eu de l'inimitié entre eux une feule fois, la plaie leur enfeignera longtemps au cœur, à l'un & à l'autre. Souvenez-vous que l'on renoue une corde rompue, mais qu'il refte toûjours un nœud qui joint les deux bouts.

Demneh pouffé à bout par la force des difcours de Kelileh : Je vois bien, dit-il, que je n'ay pas eu tout à fait raifon de faire ce que j'ai fait. Je vous demande fi vous êtes d'avis que je faffe une retraite honnête en abandonnant la cour, & que je paffe le refte de mes jours hors de l'embaras du monde, fous l'afile de votre amitié & de votre bon plaifir.

Dieu garde, répondit Keli-

P iiij

leh , que je commette la faute
d'avoir deformais aucune part
à votre amitié , & que l'envie
me prenne jamais d'avoir encore
commerce avec vous. Dès ce
moment , je regarde votre approche avec frayeur , & je fens
que mon cœur me reproche la
communication que j'ai avec
vous. Une des chofes que les
Sages recommandent le plus ,
c'eft de ne frequenter jamais les
ignorans ni les méchans ; & c'eft
une maxime qu'il ne faut pas
negliger , lorfque l'on en connoît bien l'importance. Il eft de
la frequentation des méchans ,
comme d'élever & de nourrir un
ferpent , qui n'épargne pas fon
bienfacteur. Mais de même que
l'on fent bon en frequentant les
parfumeurs ; de même aufli la
frequentation des fçavans & des

honnê.es gens embaûme l'ame
par la participation des bonnes
chofes dont on profite en leur
compagnie. Que l'on foit affis
près d'un parfumeur, ou que
l'on touche feulement fes habits,
c'eft affez pour en prendre une
bonne odeur, mais l'on ne gagne
que de la noirceur & de la vi-
lainie prés d'un forgeron & de
fa forge. De plus, quelle fidelité, quelle conftance & quelle
union peut-on attendre de vous,
aprés que vous avez abufé de la
bonté du Roy, qui par l'eftime
& la confideration qu'il avoit
pour vous, vous avoit élevé à un
degré d'honneur & d'éclat, au
deffus duquel vous n'aviez plus
rien à efperer ? Vous n'avez d'é-
gard ni à la droiture, ni à votre
propre honneur. Et ma conduite
fera approuvée lorfque l'on fçau-

ra que je m'éloigne d'un ami si
peu digne de mon amitié. Ce
n'est pas un crime de se séparer d'avec un ami. On fait sa-
gement de se priver de le voir,
lorsque son amitié n'est pas réciproque, & qu'il a des passions
opposées. L'on tire de grands
avantages de la frequentation
des bons; mais la communication des méchans apporte de
grands dommages. Quand on est
parfaitement bien avisé, l'on
frequente les hommes sages,
sçavans, de bonne vie & de
bonnes mœurs, & droits en leurs
paroles, & l'on s'éloigne de la
compagnie des menteurs, des
gens de cabale, des débauchez,
des impies, & de toutes sortes
de gens perdus & vitieux. Si
l'on ne trouve pas d'autre societé
à faire qu'avec eux, il vaut

mieux demeurer chez foi , jufqu'à ce que l'on rencontre un
ami pourvu des qualitez que j'ai
marquées. Mais l'on doit avoir
de grandes précautions avant
que de le recevoir. Tous ceux
qui paroiffent amis ne le font
pas , & fouvent lorfque l'on
croit en avoir rencontré un bon ,
il fe trouve que l'on s'eft trompé.
Parmi plufieurs exemples , cela
arriva à un Jardinier , de qui je
vous raconterai l'hiftoire fi vous
voulez l'entendre.

# LE JARDINIER
# ET L'OURSE.

## FABLE.

UN bon payfan avoit borné
fa petite fortune & l'occu-

pation de sa vie, à la culture
d'un jardin, tant pour son plaisir particulier, que pour l'utilité
& l'avantage qu'il tiroit des
fruits, qui y croissoient en abondance, & dans toute la perfec-
tion & bonté qu'il pouvoit souhaiter. Il s'y étoit même attaché
avec une passion si grande, qu'il
n'en eût pas eu d'avantage pour
pere, mere, femme & enfans.

Il y avoit longtemps qu'il ne
s'étoit éloigné de son jardin,
lorsqu'il en sortit pour aller prendre le grand air. Dans la pro-
menade qu'il fit, comme il étoit
au pied d'une montagne, d'où
il repaissoit ses yeux des beautez
que la nature lui offroit, il apperçut une ourse qui s'éloignoit
de la montagne & des bois, &
venoit vers lui par la plaine. Il
ne s'effraya pas de la voir, il

alla au contraire au devant d'elle
avec confiance, & avec toutes
les démonstrations qu'il put
imaginer pour ne pas l'effarou-
cher, & marquer au contraire
qu'il cherchoit à faire amitié
avec elle. L'ourse de son côté
qui vit quelque ressemblance de
sa figure dans le Jardinier, par
son air sauvage & negligé, s'approcha de lui aux caresses qu'il
lui faisoit.

L'amitié faite entre eux, le
Jardinier reprit le chemin de
son jardin, en attirant l'ourse
par des signes qu'il lui faisoit
de temps en temps, afin qu'elle
le suivît, comme elle le fit. En
arrivant il la regala de fruits ex-
cellens, & cela acheva d'affer-
mir l'amitié entre l'un & l'autre.
Depuis ce temps là l'ourse n'a-
bandonna plus le Jardinier. Elle

ne le quittoit pas lors même
qu'aprés avoir beaucoup travail-
lé, il se reposoit & s'endormoit
à l'ombre d'un arbre. Alors les
soins qu'elle avoit pour lui, alloient si loin qu'elle se posoit à
sa tête, & éloignoit avec ses
pattes les mouches qui s'appro-
choient pour l'incommoder au
visage, elle disoit en elle-même
qu'elle ne vouloit pas que des
mouches insolentes lui cachas-
sent un seul moment la vue de
ce qu'elle aimoit. Un jour le
Jardinier s'endormit comme il
avoit de coûtume, & l'ourse prit
son poste & se mit à chasser les
mouches selon sa coûtume. Elle
ne les avoit pas plûtôt chassées
d'un côté, qu'elles retournoient
de l'autre avec importunité,
& toutes à la fois. Elle eut patience quelque temps, lassée

enfin & pouſſée à bout par la
peine que les mouches lui donnoient, elle imagina un moyen
pour faire ceſſer leur jeu, qui
fut de les écraſer toutes enſemble. Elle prit une groſſe pierre
entre ſes deux pattes, & la lâ-
cha avec force ſur la tête du
pauvre Jardinier. Qu'arriva t-
il ? la pierre ne fit pas de mal
aux mouches, mais le Jardinier
en eut la tête écraſée & demeura mort en la même ſituation, &
en la même place où il étoit.
C'eſt à ce propos que l'on a dit
qu'il vaut mieux avoir un ennemi qui ait de l'eſprit, qu'un
ami ignorant & groſſier. Tout
ceci veut dire, ajoûta Kelileh,
que ce ſeroit m'expoſer à perir
miſerablement, que d'être votre
ami plus longtemps. L'amitié des
inſenſez reſſemble à une mar-

mite vuide, qui noircit par le dehors.

Votre difcours eſt trop outré, repliqua Demneh, & je ne ſuis pas inſenſé au point que vous l'avancez, pour ne pas diſtinguer ce qui peut cauſer du bien ou du mal à un ami.

Je tombe d'accord, repartit Kelileh, que vous n'êtes pas abſolument inſenſé à cette extremité ; mais il eſt certain que vous avez l'ame noire & de fort méchantes intentions. N'arriveroit-il pas que vous rompriez avec moi à la premiere fantaiſie qui vous viendroit en l'eſprit, & que vous viendriez enſuite me faire des excuſes par mille détours extravagans, comme vous venez de faire au ſujet du lion & de Choutourbeh ? Vous agiſſez enfin avec vos amis, de même que

que ce marchand à qui un autre
marchand qu'il avoit trompé, dit:
Dans une ville où une fouris
mange cent livres de fer, devez-
vous vous étonner qu'un éprevier emporte un petit enfant ?
Cela demande un éclaircisse-
ment, le voici.

# LES

# DEUX MARCHANDS.

## *FABLE.*

UN marchand qui vouloit
entreprendre un voyage
pour quelque negoce, pria un
autre marchand de ses amis de
lui garder cent livres de fer, en
lui difant que cela pourroit lui
fervir à fon retour, au cas qu'il

lui arrivât d'être volé en chemin , & le fer fut mis dans un
magasin. Le marchand partit,
fit son voyage comme il le souhaitoit , & retourna chez lui
heureusement. Quelque temps
aprés son arrivée, il alla trouver
son ami & le pria de lui rendre
son dépôt ; mais le fer avoit été
vendu , & l'argent employé.
Afin que le fer que vous m'a-
viez donné en garde , répondit
l'ami , fût en plus grande sure-
té, je l'avois mis , comme vous
le sçavez, dans mon magasin,
mais je ne sçavois pas qu'il y eût
une souris qui a mangé tout votre
fer , comme je m'en apperçus il
y a quelques jours avec une
grande surprise. Venez voir
vous-même , afin que vous n'en
doutiez pas, & que vous voyez
que je ne vous dis pas un men-

fonge. Le marchand fe doutant de la fourberie, diffimula ce qu'il penfoit : Je n'ai pas de peine, lui dit-il, à croire ce que vous me dites : je fçai que les fouris font extremement avides de fer, elles l'avalent comme des confitures.

Le marchand dépofitaire ravi d'entendre ce difcours, accufa l'autre en lui-même d'une fimplicité groffiere, d'abandonner la demande de fon fer fi facilement, fur la bourde qu'il venoit de lui donner, & de l'en quitter à fi bon marché. J'ai, lui dit-il, beaucoup de chagrin de ce qui eft arrivé ; mais pour vous en confoler, entrez que je vous donne à déjeûner. Je vous prie de m'excufer pour aujourd'hui, répondit le marchand, une affaire de confequence m'oblige

malgré moi de refuſer préſentement l'offre que vous me faites,
mais je l'accepte de bon cœur
pour demain à la même heure.
En diſant cela il prit congé, &
en ſe retirant il enleva adroitement un petit enfant du dépoſi-
taire, qui jouoit à quelques pas
de la porte, & l'emporta chez
lui ſans que perſonne s'en ap-
perçût.

Le lendemain de grand matin,
cet homme ſe trouve à la porte
du marchand & frappe ; le marchand lui ouvre lui même, &
comme il le vit changé, il lui
demanda ce qu'il avoit. Un des
fils de votre ſerviteur que vous
voyez, répondit-il les larmes aux
yeux, & d'une maniere qui faiſoit compaſſion, diſparut hier,
& je ne ſçai ce qu'il eſt devenu.
J'ai fait le tour de la ville plu-

fieurs fois de rue en rue, & de
carrefours en carrefours, & je
n'ai pu en apprendre aucune
nouvelle. Cela me met dans une
affliction qui me rend inconfola-
ble : Vous me feriez plaifir de
me dire fi vous en fçavez quelques chofes.

Hier, repartit le marchand,
en me retirant de chez vous de
la maniere que vous fçavez, je
vis un éprevier qui s'enlevoit
dans l'air avec un petit enfant
au bec qu'il emportoit, c'eft ap-
paremment le fils que vous cherchez. Cruel que vous êtes, reprit le pere affligé ? Pourquoi
me tenez-vous un difcours fi dé-
fagreable & fi éloigné du bon
fens ? Pourquoi me dites-vous
une chofe impoffible, & pourquoi vous deshonorez-vous par
un menfonge fi manifefte ? Vous

vous mocquez & vous vous rail-
lez de moi. Un éprevier dont le
petit corps pese au plus une de-
mie livre, peut-il enlever un enfant beaucoup plus pesant, &
l'emporter en l'air ? Je ne vois
pas, repliqua le marchand en
souriant, pourquoi un éprevier
ne peut pas enlever un petit
enfant en l'air, dans un pays où
une souris ronge & avale cent
livres de fer. Le dépositaire connut alors ce que cela vouloit
dire : Ne vous affligez pas, dit-
il au marchand, la souris n'a
pas mangé votre fer. Si cela est,
dit le marchand, l'éprevier n'a
pas aussi emporté votre fils ; ren-
dez-moi mon fer, je vous ren-
drai votre fils.

Je vous ai rapporté cette histoire, dit encore Kelileh en fi-
nissant, afin de vous faire con-

noître que l'on ne peut attendre
rien de bon d'un ami comme
vous, qui trompe son propre
bienfaiteur. Vous ne pouvez
nier que vous ne l'ayez fait,
Aprés cela on ne peut esperer
ni correspondance, ni sincerité,
ni satisfaction de votre amitié.
Il est temps que je rompe absolument avec vous, & que je
m'éloigne d'un naturel aussi pervers & aussi corrompu que le
vôtre. Mon bonheur & mon
repos dépendent de cette sepa-
ration, & demande que je cesse
de vous voir.

Kelileh & Demneh étoient
en cet endroit de leur conversation, lorsque le lion aprés un
combat opiniâtré & de longue
durée, acheva de terrasser & de
massacrer Choutourbeh, qui
demeura étendue sur la terre,

teinte de son sang qui ruisseloit
de tous les endroits de son corps.
Lorsque la colere du Roy des
animaux fut un peu appaisée, &
qu'il fut revenu de l'émotion
causée par les efforts qu'il venoit de faire, il demeura la tête
baissée contre terre, abîmé dans
ses pensées & dans les réflexions
qu'il fit sur son emportement,
dont il commençoit de se repentir. Helas! disoit-il alors en lui-
même, le pauvre Choutourbeh,
avec tant de belles qualitez, de
vertus & de perfections n'est
plus, & pour mon malheur je
ne suis pas bien certain d'avoir
eu raison de faire ce que je viens
d'executer. Je ne sçay si les rapports que l'on m'a faits sont veritables, ou si l'on a voulu me
tromper afin de le perdre. C'est
moi cependant qui l'ai mis en
l'état

l'état où le voilà, lui qui de ma
propre connoiſſance m'avoit toûjours ſervi avec affection & avec
fidelité. Eſt-ce ainſi que je devois reconnoître ſon amitié? vou-
dra-t on jamais me rendre ſervice aprés le traitement que je
viens de lui faire? Au milieu de
ces regrets, ce qui l'affligea davantage, c'eſt qu'il crut voir
l'ombre de Choutourbeh, & entendre le reproche cuiſant qu'il
lui faiſoit en ces termes: Tu me
traites préſentement d'ami; mais
jamais ami n'a tué ſon ami ſans
ſujet. Donne-moi plûtôt le nom
d'ennemi, puiſque tu m'as traité
en ennemi. Ces reproches ſe-
crets le jetterent dans une profonde mélancholie, il ne put
plus diſſimuler la triſteſſe qui
l'accabloit, les larmes mêlées de
ſoupirs lui coulerent des yeux,

*Tome II.* R

& fes rugiffemens marquerent aux animaux qui l'environnoient, qu'il étoit veritablement fâché de l'excés qu'il venoit de commettre.

Demneh qui s'étoit approché comme les autres, aprés l'entretien qu'il avoit eu avec Kelileh, lui dit : Siré, je fouhaite que la profperité accompagne votre Majefté en toutes chofes, & que fes ennemis foient humiliez. Oferois-je lui demander le fujet de la trifteffe qu'elle fait paroître? Elle ne peut avoir un plus grand fujet de joie & de contentement, que celui d'être victorieux d'un ennemi formidable qu'elle a terraffé & noyé dans fon fang. Elle a vû lever le foleil evec l'efperance de le vaincre, & elle le voit vaincu au coucher du même aftre.

Je ne puis, répondit le lion,
me souvenir de l'assiduité des
services de Choutourbeh, de
son zele, de son amitié, de son
grand genie & de ses rares qualitez, qu'avec une douleur trés-
sensible de l'avoir perdu. Je reconnois qu'il étoit le soutien &
l'appui de mes armes, & le dé-
fenseur de mes Etats, & je perds
en lui, celui sur qui tous mes
soins se reposoient, & sur la vi-
gilance de qui je vivois en assurance.

Un Monarque comme votre
Majesté, repartit Demneh, ne
doit pas avoir de compassion
pour un traître. Elle doit rendre
grace au ciel de la victoire qu'-
elle vient de remporter sur lui.
Cette victoire fait le jour le plus
glorieux de la vie de votre Majesté. C'est par cet endroit qu'elle
R ij

doit l'envisager. Son bonheur,
sa gloire, son repos & sa réputation, dépendoient absolument
d'une action aussi éclatante. Elle se seroit fait tort à elle-même,
& elle auroit peché contre la
bonne politique, si elle eût usé
de clemence, dans une rencontre où il s'agissoit d'une vie aussi
précieuse que la vôtre. C'est
une pratique de tous les temps,
de ne pas donner à un ennemi
dangereux, une autre prison
que le tombeau. L'on coupe un
doigt gangrené, pour conserver
le corps entier. Un ennemi tel
que Choutourbeh, ne mérite
pas d'avoir place en son souvenir.

Ce discours appaisa le lion
pour quelque temps. Mais le
ciel à la fin rengea Choutourbeh, & Demneh eut le même

fort que lui, de mourir d'une mort violente. Le méchant perit en sa méchanceté, lorfqu'il y penfe le moins, de même que le fcorpion fe trouve écrafé fous les ruines de la maifon où il fait fa retraite, & où il met fon venin en ufage. Il eft inutile d'efperer le bien lorfque l'on fait le mal. La coloquinte ne porte pas de raifins, & l'on ne doit pas attendre de recueillir du froment lorfque l'on feme de l'orge. C'eft pour cela qu'un Sage dit : Ne fais pas de mal : Si tu en fais, tu en recevras avec le temps. Au lieu que celui qui fait du bien le trouve en ce monde & en l'autre.

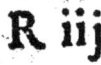

R iij

# CHAPITRE II.

## Comme un méchant finit mal.

J'AY bien entendu, dit Dabchelim, l'hiftoire d'un flat-
teur, qui par fes flatteries trom-
pa fon Prince, & fut caufe qu'il
maltraita fes Miniftres : mais
contez-moi de quelle maniere le
lion découvrit les fourberies de
Demneh, & quelle fut la fin de
ce renard.

Il ne faut pas, répondit le
vieux Bramine, que les Rois
ajoûtent foi aux divers rapports
qu'on leur fait, jufqu'à ce qu'ils
ayent connu fi les difcours qu'ils
entendent partent d'amis ou
d'ennemis, autrement il leur

arrivera ce qui arriva à la cour
du lion ; & voici comment se
passerent les choses que vous
voulez sçavoir. Peu de temps
aprés que le lion eut tué le bœuf
il en fut fâché, comme j'ay déja
dit ; les réflexions qu'il fit sur
les bons services qu'il en avoit
reçus, le plongerent dans un si
noir chagrin, qu'il abandonna
le soin de son État, & la cour
devint un lieu de désolotion. Il
parloit sans cesse des bonnes
qualitez de Choutourbeh, & le
bien qu'on lui en disoit étoit le
seul soulagement que sa douleur
vouloit recevoir. Une nuit qu'il
s'entretenoit des vertus de ce
bœuf avec un leopard, le leopard lui dit : Sire, votre Majesté s'afflige trop d'une chose à
laquelle il est impossible de remedier ; & qui s'attache à cher-

cher ce qu'il ne peut trouver ; non-feulement il ne la trouve pas, mais encore il perd ce qu'il a, comme un renard perdit une peau, pour avoir une poule dont il avoit envie. Voyant le lion difpofé à l'écouter, il lui raconta cette fable.

# LE RENARD,
## LE LOUP,
### ET
## LA POULE.

### *FABLE.*

UN renard qui cherchoit de tout côtez dequoi manger, trouva un morceau de peau fraîche, qu'une bête fauvage

avoit laiffé tomber, il en mangea
une partie, & prit le refte dans
le deffein de le porter dans fa
tanniere ; en paffant auprès d'un
village, il apperçut des poules
qui étoient groffes & graffes,
qu'un garçon adroit gardoit à
vûe. Le renard eut tant d'envie
de manger de ces poules, qu'il
laiffa la peau qu'il tenoit pour
en attraper quelqu'une. Dans le
moment il vint un loup qui lui
demanda ce qu'il regardoit avec
tant d'attention : Ce font ces
poules que vous voyez, répondit le renard, j'en voudrois bien
prendre une. Vous perdez votre
temps à les épier, lui dit le loup,
elles font gardées par un ferviteur fi vigilant, qu'il eft impoffible de les pouvoir aborder fans
danger. Contentez-vous de votre morceau de peau, de peur

d'avoir le même sort que cet afne , qui voulant chercher fa
queue, perdit fes oreilles.

# L'ASNE
## ET
## LE JARDINIER.
### *FABLE.*

UN afne, continua le loup, avoit perdu fa queue, ce qui l'affligeoit fort : en la cherchant de toutes parts, il paffa au travers d'un pré & d'un jardin; mais le Jardinier l'ayant apperçu, & s'imaginant qu'il vouloit ravager fon jardin, entra dans une furieufe colere, courut à l'afne & lui coupa les deux oreilles : ainfi l'afne qui fe plaignoit

de n'avoir point de queue, fut
bien étonné lorsqu'il se vit sans
oreilles. Quiconque ne prend
pas la raison pour guide, s'éga-
re, & tombe dans les précipices.
Le renard pressé par l'extreme
desir de manger de ces poules,
dit au loup : dequoi vous avisez-
vous de me conter des fables ? Je
veux vous montrer que qui a
du courage est capable de tout.
En disant cela il s'avança vers
les poules, laissant son morceau
de peau ; & le loup voyant que
sa remontrance ne servoit de
rien, s'en alla d'un autre côté.
Le renard cependant s'approchoit tout doucement des poules ; mais le garçon qui les gardoit l'ayant vû, lui jetta un bâton si adroitement, qu'il lui frapa le pied ; le pauvre renard
craignant que le garçon ne lui

jettât un fecond bâton, retourna
fur fes pas au plus vîte, réfolu
de fe contenter de la peau qu'il
avoit méprifée, mais il ne la
trouva plus, un corbeau l'ayant
emportée, ce qui mit le renard
au defefpoir.

Vous voyez, Sire, pourfuivit
le leopard, qu'il ne faut pas que
votre Majefté fe défefpere, &
abandonne la conduite de fon
Royaume pour la perte d'un fujet. Le lion demeura quelques
temps fans parler, après cela il
répondit : Vous dites vray ; mais
je voudrois venger la mort de
Choutourbeh, s'il a été injuftement accufé. Ce n'eft pas le
moyen d'y parvenir que de fe
défefperer, repliqua le leopard,
il faut examiner avec foin fi les
rapports qu'on vous a fait de lui
font veritables ou non ; s'il étoit

coupable, il a été justement puni; & s'il ne l'étoit pas, on doit punir l'accusateur. Alors le lion dit au leopard : Je veux que tu sois mon Connétable en sa place : Fais tout ce que tu pourras pour découvrir la verité.

Comme il étoit tard, le leopard prit congé du lion, en retournant au logis il passa pardevant un petit bois où Kelileh & Demneh s'entretenoient, il crut entendre qu'ils avoient quelques paroles ensemble. Comme il soupçonnoit que Demneh étoit méchant, il eut la curiosité de s'approcher pour les écouter. Kelileh lui reprochoit en ce moment ses perfidies, & tous les artifices dont il s'étoit servi pour perdre Choutourbeh. Le leopard instruit par ces discours des trahisons de Demneh, ne jugea pas à propos d'aller trouver le Roy des animaux pour l'avertir de la méchanceté du renard, il apprehenda que cette nouvelle ne le couvrît de confusion, il n'ignoroit pas combien la verité est difficile à annoncer aux Rois; pour y parvenir, il alla trouver la mere du lion, à laquelle il conta tout ce qu'il venoit d'entendre : aussi-tôt elle courut voir son fils, à qui elle dit : Vous avez raison mon fils, d'être affligé de la perte de Choutourbeh, il est mort innocent. Quelle preuve avez-vous de son innocence, demanda le lion ? Je ne veux pas, répondit la mere, réveler un secret qui pourroit vous mettre en colere, & nuire à celui qui me l'a confié, mais je vous prie d'écouter ce conte.

# LE PRINCE
## ET
## SON ECUYER.
### CONTE.

IL y avoit un Prince qui étoit puissant, riche & juste. Un jour qu'il étoit à la chasse, il dit à son écuyer : Je veux faire courir mon cheval contre le tien, pour voir lequel des deux est le meilleur, il y a longtemps que j'ai cette envie ; l'écuyer pour obeir à son maître, poussa son cheval à toute bride, & le Roy le suivit : Quand ils furent éloignez de tous les Grands qui les avoient accompagnez, le Roy arrêta son cheval, & lui dit :

Je n'avois pas d'autre deſſein en
t'amenant ici, que de te confier
un ſecret, t'ayant reconnu le
plus fidele de ma cour; il m'a pa-
ru que le Prince mon frere forme quelqu'attentat contre ma
perſonne, c'eſt pourquoi je t'ai
choiſi pour le prévenir, mais
ſoit diſcret. L'écuyer jura qu'il
garderoit le ſecret, & après cela
ils joignirent la troupe qui étoit
en peine de ſa Majeſté. L'écuyer
à la premiere occaſion qu'il eut
de parler au frere du Roy, lui
apprit le deſſein qu'on avoit de
lui ôter la vie; ce qui obligea le
jeune Prince à le remercier de
lui avoir donné cet avis, & à
lui promettre de grandes récom-
penſes. Mais peu de jours après
le Roy mourut, ſon frere lui ſuc-
céda, & la premiere choſe qu'il
fit lorſqu'il fut ſur le trône, fut
de

de faire mourir l'écuyer. Ce misérable lui reprocha le service
qu'il lui avoit rendu : Eft ce-là,
disoit-il, la récompense que vous
me promettiez ? Oui, lui répondit le nouveau Roy : Quiconque
révele les secrets de son Prince,
eft digne de mort, & puisque
tu as commis ce grand crime,
tu dois mourir. Si tu as trahis un
Roy qui t'avois donné sa confiance, & qui te cherissoit plus
que toute sa cour ensemble,
puis-je me servir de toi ? L'é-
cuyer eut beau alleguer des raifons pour se justifier, il ne fut
point écouté, & il ne put éviter
la mort, parce qu'il n'avoit pas
sçu garder un secret.

Vous voyez par ce conte qu'il
ne faut pas divulguer un secret.
Ma mere, lui dit le lion, sçachez
que celui qui vous a confié son

secret, veut bien qu'il foit di-
vulgué, puifqu'il eft le premier
à le découvrir : car fi lui-même
ne l'a pû garder, comment veut-
il qu'un autre le garde ? Si ce
que vous voulez dire eft vray,
& que vous ne vouliez pas que
j'en aye une entiere connoiffance, du moins ôtez-moi de peine.
La mere fe voyant preffée, lui
dit : Je veux vous préfenter un
criminel indigne de pardon ; &
quoique les Sages difent qu'un
Roy doit avoir la mifericorde en
recommandation, neanmoins il
y a de certains crimes qui ne
doivent pas attendre de pardon ;
c'eft de Demneh, pourfuivit-
elle, que je parle, qui par ces
faux rapports a caufé la mort de
Chourourbeh, ce qu'ayant dit,
elle fe retira, laiffant le lion dans
une profonde rêverie. A la fin

il commanda à toute sa cour d
s'assembler. Demneh en conçut
un mauvais présage, & abordant
l'un des favoris, il lui demanda
s'il ne sçavoit pas le sujet de cette assemblée. La mere du lion
qui entendit cette demande, lui
répondit brusquement, c'est
pour résoudre ta mort, car tes
tromperies sont découvertes.
Madame, lui répondit Dem-
neh sans s'émouvoir, ceux qui
se rendent à la cour recomman-
dables par leurs vertus, ne manquent jamais d'ennemis & d'envieux. Ah, que les hommes
agissent autrement que Dieu,
il ne donne à chacun que ce
qu'il mérite ; & les hommes au
contraire punissent souvent ceux
qui sont dignes de récompense,
& cherissent ceux qu'ils devroient haïr ! Que j'ai mal fait

de quitter ma folitude pour conſacrer ma vie au Roy. Quiconque ne ſe contente pas de ce qu'il a, & préfere le ſervice des hommes à celui de Dieu, s'en repent tôt ou tard, comme on le peut voir par ce conte.

# L'HERMITE

## Qui quitta les deferts pour aller vivre à la Cour.

### CONTE.

UN Hermite qui avoit renoncé aux plaifirs du monde, menoit dans une folitude une vie fort auftere. Sa vertu fit dans le monde tant de bruit en peu de temps, qu'un nombre infini de perſonnes l'alloient voir

tous les jours, les uns par curiofité, & les autres pour le con-
fulter fur diverfes chofes. Le
Roy du pays qui étoit très dévot
& qui aimoit les gens de bien,
n'eut pas plûtôt appris qu'il y
avoit dans fon Royaume un perfonnage fi vertueux, qu'il monta à cheval pour l'aller vifiter ;
il lui fit un beau préfent, & le
pria de lui faire quelques exor-
tations dont il pût profiter.
L'Hermite pour contenter le
Roy, lui dit : Sire, Dieu a deux
habitations, l'une periffable qui
eft le monde, & l'autre éternelle
qui eft le Paradis. Votre Majefté qui eft genereufe, ne doit
pas s'attacher aux biens de la
terre, mais il faut qu'elle afpire
aux tréfors éternels, dont la
moindre partie vaut mieux que
toutes les Principautez de l'Uni-

vers. Eſſayez donc, Sire, de vous rendre poſſeſſeur de ces biens éternels. Par quel moyen les peut-on acquerir, demanda le Roy ? en aſſiſtant les pauvres, répondit l'Hermite, & en ſecourant les miſerables. Tous les Rois qui veulent jouir de ce repos éternel, doivent travailler à donner le repos temporel à ſes ſujets.

Le Roy fut ſi touché de ce diſcours, qu'il réſolut de s'entretenir tous les jours avec ce bon hermite. Un jour qu'ils étoient enſemble dans l'hermitage, ils virent venir une troupe de gens qui demandoient juſtice avec des cris effroyables ; l'Hermite les fit approcher, les interrogea & ayant appris leurs differens, les mit tous d'accord ſans peine. Le Roy admirant la conduite de

cet Hermite, le pria de se trouver quelquefois dans ses conseils, ce que l'Hermite promit
au Roy, croyant pouvoir être
utile aux pauvres : il se trouvoit
donc souvent dans les assem-
blées, & le Roy s'arrêtoit toûjours à son opinion : Enfin, il
se rendit si necessaire, que rien
ne se faisoit dans le Royaume
sans son avis. Ainsi l'Hermite
voyant que tout le monde lui
faisoit la cour, commença d'a-
voir bon opinion de lui-même,
il voulut tenir le rang de premier Ministre. Pour cet effet il
eut un bel équipage, & une
grosse suite : Il oublia ses auste-
ritez & ses oraisons, & se regardant comme un homme necessaire à l'Etat, il avoit grand soin
de sa personne ; il étoit molle-
ment couché, & ne mangeoit

que des mets délicats. Le Roy
qui étoit d'ail'eurs assez content
de l'Hermite, le laissoit vivre à
sa fantaisie, & se reposoit sur
lui du soin des affaires de son
Royaume. Un jour un Hermite
ami de celui qui étoit à la cour,
étant venu voir son confrere,
avec qui souvent il avoit passé
la nuit en oraison, fut fort étonné de le voir environné d'un
grand nombre de domestiques;
neanmoins prenant patience, il
attendit que la nuit eût obligé
tout le monde de se retirer, a-
lors abordant l'Hermite courtisan, il lui dit : O mon cher a-
mi, en quel état est-ce que je
vous vois ! Quel changement !
L'Hermite courtisan voulut l'ex-
cuser, en disant qu'il étoit obligé
d'avoir un si gros train. Mais
son confrere qui étoit un homme
d'esprit

d'esprit & de jugement, s'écria :
ses causes sont dictées par les
sens. Je vois bien que les hommes vous enchantent. Quel démon vous a détourné de nos prieres ? Pourquoi oubliant les de-
devoirs d'une vie retirée, préfe-
rez-vous le bruit au silence, &
le tumulte au repos ? Ne croyez
pas, reprit l'Hermite courtisan,
que les affaires de la cour m'o-
bligent de discontinuer mes
pieux exercices , vous vous
trompez, repartit l'Hermite, de
croire que vos prieres puissent
être exaucées en servant le monde , comme elles l'étoient dans
le temps que le Service Divin
faisoit toute votre occupation.
Vous le connoîtrez quelques
jours, & vous vous en repenti-
raz; croyez-moi, brisez ces chaînes d'or qui vous attachent à la

Tome II.                    T

cour , & retournez dans votre
solitude , autrement vous éprou-
verez la cruelle destinée de cet
aveugle qui méprisa le conseil
de son ami. Je vas vous conter
cette avanture.

# L'AVEUGLE

## Qui voyageoit avec un de ses amis.

### CONTE.

IL y avoit deux hommes qui
voyageoient ensemble , l'un
desquels étoit aveugle. Un jour
que la nuit les surprit dans la
campagne , ils entrerent dans
un pré pour s'y reposer jusqu'au
point du jour. Aussi-tôt qu'il
parut, ils se leverent, monterent

à cheval & continuerent leur chemin. L'aveugle au lieu de son fouet avoit ramassé un serpent qui étoit transi de froid ; l'ayant entre les mains , il le trouva plus douillet que son fouet, ce qui le réjouit, s'imaginant qu'il avoit gagné au change, c'est pourquoi il ne se mit pas en peine de ce qu'il avoit perdu ; mais lorsque le soleil commença de paroître, & par consequent à éclairer les objets, son compagnon apperçut le serpent, & faisant un grand cri, il dit à l'aveugle : O ! camarade, tu as pris un serpent au lieu de ton fouet, jette-le avant d'en recevoir de mortelles caresses, Cet aveugle d'esprit aussi-bien que de corps, croyant que son ami ne parloit ainsi que parce qu'il avoit envie d'avoir son fouet, lui répondit, êtes-vous jaloux de ma bonne fortune ? J'ai perdu mon fouet, qui ne valoit plus rien, & le bon Dieu m'en a fait trouver un tout neuf, ne pensez pas, ajoûta-t-il, que je sois si innocent, que je ne sçache distinguer un serpent d'avec un fouet. Son ami se mit à rire & lui dit : Camarade, je suis obligé par les loix de l'amitié & de l'humanité, de t'avertir du peril, où je te vois : Si tu veux vivre, éloigne de toi ce serpent. L'aveugle plus aigri que persuadé par ces paroles, repartit brusquement : Pourquoi me pressez-vous de jetter une chose que vous voulez ramasser ? Son compagnon pour le désabuser, jura que ce n'étoit point là son dessein, & je vous proteste, ajoûta-t-il, que ce que vous tenez

entre les mains eſt un ſerpent.
Tous ces ſermens furent inutiles, l'aveugle ne changea point
d'opinion. Cependant le ſoleil
s'élevoit, & les rayons ayant peu
à peu échauffé le ſerpent , il
s'entortilla autour de ſon bras ,
il le mordit de maniere qu'il lui
donna la mort.

Cet exemple nous montre qu'il
faut ſe défier de nos ſens , &
qu'il eſt difficile de les tromper
quand nous poſſedons une choſe
qui les flatte.

Ce diſcours ſenſé éveilla l'Hermite courtiſan du profond ſom-
meil où il étoit ; il ouvrit les
yeux ſur les dangers qu'il cou-
roit à la cour , & regrettant le
temps qu'il avoit employé au
ſervice du monde , il paſſa la
nuit à ſoupirer & à pleurer ;
mais le jour étant venu , les

T iij

nouveaux honneurs qu'on lui
fit détruisirent fes remords ; il
reprit le foin des affaires , &
devint injufte comme les gens
du fiecle. Un jour il condamna
à mort une perfonne , qui fuivant les loix & la coûtume , ne
méritoit pas de mourir. Après
l'execution de l'arreft , fa con-
fcience lui en fit des reproches
qui troublerent fon repos pendant quelque temps , & enfin les
heritiers de la perfonne qu'il
avoit injuftement condamnée ,
obtinrent du Roy , la permiffion
d'informer contre cet Hermite ,
qu'ils accufoient d'injuftice. Le
confeil fur les informations ordonna que l'Hermite fouffriroit
les mêmes fupplices qu'il avoit
fait fouffrir au défunt. L'Hermite employa inutilement fon
credit & fes richeffes pour fe

sauver la vie, l'arrest du conseil fut executé.

J'avoue, dit Demneh, que sui-vant cet exemple, je devrois être puni d'avoir quitté ma solitude pour venir servir le Roy.

Le renard ayant cessé de par-ler en cet endroit, son éloquen-ce fut admirée de toute la cour. Pour le lion qui avoit la tête baissée, il étoit agité de tant de pensées, qu'il ne sçavoit à quoi se résoudre, ni que répondre à Demneh. Pendant qu'il étoit dans la situation que je viens de dire, & que tous les courtisans gardoient le silence, un animal nommé Siahgousch, qui étoit un des plus fideles serviteurs du lion s'avança, & parla dans ces termes au renard : Tous ces reproches que tu fais à ceux qui servent les Rois, ne tournent qu'à ta honte ; outre que ce n'est pas à toi à proposer cette question, apprens qu'une heure de service rendue à un Roy juste, vaut mieux qu'un siecle d'oraisons ; combien a-t-on vû de gens de merite quitter leurs cellules pour aller à la cour, où en servant les Rois ils soulagent les peuples, & les garantissent des opressions tyranniques ? L'exemple que vous allez entendre peut servir de preuve de ce que je dis.

Un marchand de la ville de Cachmir avoit une très-belle femme, qui aimoit & étoit aimée d'un excellent peintre. Ces deux amans ne negligeoient aucunes occasions de se voir. Un jour elle dit à son amant : Quand vous voulez me parler, vous

êtes obligé de contrefaire votre
voix, de jetter une pierre, de
siffler, de tousser ou cracher ;
je voudrois bien vous épargner
toutes ces peines, ne pourriez-
vous pas trouver quelques inventions qui nous servent de
signal ? Hé bien, répondit le
Peintre, je me déguiserai en
femme, j'aurai deux voiles de
deux couleurs differentes ; un
par sa blancheur surpassera la
beauté de l'étoile que l'on voit
dans l'eau, & l'autre fera honte
aux cheveux des Maures par la
noirceur. Lorsque vous me ver-
verrez sortir avec ces voiles,
vous sçaurez ce qu'ils signifie-
ront. L'esclave du Peintre qui
n'étoit pas moins amoureux de
cette femme que son maître,
ayant entendu faire cette proposition, en fut bien aise, car il

esperoit d'en profiter. Un jour
que son maître étoit allé faire
un portrait en ville , il prit le
voile d'assignation avec lequel il
passa sur la brune , pardevant le
logis de la marchande , qui étoit
à la fenêtre. Elle ne l'eut pas
plûtôt apperçu , que sans considerer ni le visage ni les manieres de l'esclave , elle descendit
& reçut les caresses comme elle
avoit coûtume de recevoir celles
du Peintre. L'esclave , après
s'être contenté , s'en retourna
promptement au logis , & remit
le voile où il l'avoit pris. Le
Peintre étant de retour , eut envie de voir sa maîtresse , il prit
son voile & y courut ; elle fut
fort étonnée de revoir encore le
voile ; elle courut au-devant de
son amant , & lui ayant demandé imprudemment la cause d'un

fi prompt retour. Il se douta
de la chose, ne dit mot, mais
la quitta brusquement, & alla
quitter son esclave ; il lui fit
payer bien cher le plaisir qu'il
avoit goûté ; & puis faisant réflê-
xion sur la facilité que sa maîtresse avoit eue à satisfaire les desirs de son esclave, il rompit tout
commerce avec elle. Or, si cette
femme emportée par sa passion,
ne l'eût pas satisfait si promptement avec cet esclave, & qu'-
elle eût examiné la difference
qu'il y avoit entre lui & le Peintre, elle n'auroit pas perdu un
amant si passionné.

La mere du lion remarquant
que son fils écoutoit avec plaisir
Demneh, eut peur que ce fin
renard n'arrêta par son éloquence, le cours de la justice. Il
semble, dit-elle au lion, que

Demneh vous paroiſſe innocent,
& que vous regardiez comme
des calomniateurs ceux qui ont
dépoſé contre lui. Je n'aurois
jamais cru qu'un Roy qui paſſe
pour le plus juſte des Rois, pût
ſe laiſſer ſéduire par les belles
paroles d'un criminel, qui tâche
d'éviter les rigueurs de la loi.
En diſant cela, elle ſe leva de
colere & ſe retira dans ſon appartement. Le lion pour plaire
à ſa mere, ou plûtôt commen-
çant à croire Demneh coupable, le fit mettre en priſon.
Quand tout le monde fut ſorti
de la chambre du Roy, ſa mere
y entra, & dit : Je ne ſçay comment ce bel eſprit s'eſt laiſſé emporter à un ſemblable crime.
C'eſt l'envie, répondit le Roy,
qui lui a fait commettre cette
lâcheté. L'envie, continua t-il,

est un vice qui tient l'esprit dans
une inquietude actuelle ; & il y
a même des envieux qui sçavent
mauvais gré à ceux qui leur font
du bien , comme vous le verrez
par cet exemple.

\*\*\*\*\*\*\*\*\*\*\*\*\*\*\*\*\*\*\*\*\*

# LES TROIS ENVIEUX
## qui trouverent de l'argent.

### C O N T E.

TRois hommes voyageant
ensemble , le plus envieux
dit aux autres : Apprenez-moi ,
s'il vous plaît , pourquoi vous
êtes sortis de vos maisons pour
voyager ? J'ai quitté mon pays ,
répondit l'un , parce que je ne
pouvois soutenir la vûe de quelques personnes que je haïs plus
que la mort , & cela ne

procede que d'une humeur ja-
louse, qui ne sçauroit souffrir
le bonheur d'autrui. La même
maladie, dit l'autre, me tourmente & me fait courir le monde. Nous sommes donc tous trois,
dit le plus vieux, possedez de la
même passion. Or, ces hommes
étant de la même humeur, s'ac-
corderent d'abord assez bien ensemble. Un jour en passant par
une vallée, ils apperçurent une
grosse somme d'argent que quelque voyageur avoit laissé tomber en cet endroit. Ils descendi-
rent tous trois aussi-tôt de cheval, & se dirent l'un à l'autre :
Partageons cet argent, & retournons à nos logis, où nous nous
divertirons ; mais ils ne disoient
cela que de bouche, car chacun
d'eux ne pouvant se résoudre de
laisser à son compagnon le moin-

dre profit, ne ſçavoit s'il devoit
paſſer outre ſans toucher à cet
argent, afin que les autres en
fiſſent de même. Ils demeure-
rent dans ce lieu à rêver là deſſus pendant un jour & une nuit
ſans boire ni manger, dans une
extrême inquietude. Deux jours
après le Roy du pays qui chaſ-
ſoit avec toute ſa cour, arriva
dans la vallée. Il s'approcha de
ces trois hommes, & leur demanda ce qu'ils faiſoient là avec
cet argent qui étoit par terre.
Se voyant ſurpris, ils ne purent s'empêcher de dire la verité. Sire, répondirent-ils, nous
ſommes tous trois agitez de la
même paſſion, qui eſt l'envie;
elle nous a fait quitter notre patrie, & elle nous accompagne
par tout. Vous feriez une action
charitable, ajoûterent-ils, ſi

vous pouviez nous guerir de cette passion. Que chacun de vous, dit le Roy, m'apprenne jusqu'à quel point il est envieux, afin que j'y remedie si je puis. Mon envie, dit l'un, va jusques là, que je ne puis faire du bien à qui que ce soit : Vous êtes un fort honnête homme en comparaison de moi, s'écria le second, car je ne sçaurois souffrir qu'une personne fasse du bien à un autre, loin d'en faire moi-même. Le troisiéme dit : Vous ne possedez pas tous deux l'envie dans un degré si éminent que moi, puisque non seulement je ne puis obliger ni voir obliger personne ; mais je ne puis même souffrir que l'on m'oblige. Le Roy fut si étonné d'entendre ces discours qu'il ne sçavoit que répondre ; à la fin, après avoir longtemps rêvé,

rêvé, il leur dit : Vous ne méritez pas que je vous laisse cet
argent ; en même temps il leur
fit ôter, & les condamna à des
supplices qu'ils méritoient. Celui qui ne p uvoit faire du bien
fut envoyé dans les deferts nud
pieds & fans vivres. On coupa
la tête à celui qui ne pouvoit
voir faire du bien , parce qu'il
étoit indigne de vivre, puifqu'il
n'aimoit que le mal ; & enfin,
celui qui ne pouvoit fouffrir
qu'on lui fît du bien, on le laiffa
vivre , fa paffion étant fon fup-
plice, & on le mit dans l'endroit
du Royaume où il fe faifoit le
plus d'actions charitables & de
bienfaits, ce qui lui caufa tant
de dépit qu'il en mourut.

Voilà, continua le lion, ce
que c'eft que l'envie. Il faudroit
donc, dit fa mere, faire mourir

Demneh au plûtôt , puisqu'il
est atteint d'un vice si dangereux. Je n'en suis pas bien assuré , repartit le lion , & je veux
l'être avant de le condamner.

Après qu'on eut conduit Demneh en prison , Kelileh touché
de compassion ne put oublier
l'ancienne amitié qui avoit été
entre eux , il l'alla voir , & lui
tint ce discours : Je vous l'avois
bien dit , qu'il ne falloit pas executer votre entreprise , ceux qui
ont de l'esprit ne commencent
jamais une affaire , sans avoir
murement consideré quelle en
sera la fin : On ne doit pas plan-
ter un arbre , sans sçavoir quel
fruit il doit produire. Pendant
que Kelileh & Demneh s'entretenoient , il y avoit dans la prison un singe qu'ils ne voyoient
pas , & qui les écoutoit pour

s'en fervir en temps & lieu.

Le lendemain de grand matin la même compagnie du jour précedent fe raffembla, & après que chacun eut pris fa place, la mere du lion parla en ces termes : On n'eft pas moins coupable de differer le châtiment d'un criminel, qu'en précipitant la condamnation d'un innocent ; & lorfqu'un Roy ne punit pas un méchant, il ne pêche pas moins que s'il en étoit complice. Le lion trouvant ce raifonnement judicieux, commanda de travailler au procès de Demneh. Alors le Cady fe levant, pria les affiftans de dire leur opinion fur cette affaire, difant que cela produiroit trois chofes avantageufes. La premiere, que la verité feroit connue, & la juftice exercée. La feconde, que les

V ij

méchans & les traîtres seroient
punis selon la volonté de Dieu;
& la troisiéme enfin, que la societé seroit purgée des fourbes,
qui par leurs artifices en troublent le repos. Personne ne sça-
chant la verité de cette affaire,
toute l'assemblée n'osa rien dire,
ce qui donna lieu à Demneh de
parler plus hardiment. Sans cependant faire paroître sa joye,
il dit : Sire, si j'avois commis le
crime dont on m'accuse, je tire-
rois quelqu'avantage de ce silence general ; mais je me sens
si innocent, que j'attends avec
indifference la fin de cette af-
semblée. Je dirai neanmoins en
passant, que personne ne voulant dire son sentiment sur cette
affaire, c'est une marque certaine qu'on me croit innocent.
Qu'on ne me blâme point de

prendre la parole pour me justifier ; je suis excusable en cela ,
puisqu'il est permis à chacun de
se défendre. Je conjure , poursuivit-il , toute cette illustre compagnie , de dire en présence du
Roy , tout ce qu'elle sçait de
moi ; mais qu'elle prenne garde
d'avancer une chose qui ne soit
pas vraie , autrement il lui arriveroit l'avanture du Medecin
ignorant que voici.

# LE MEDECIN
## Ignorant.

### CONTE.

IL y avoit un homme sans
science & sans experience ,
qui se disoit Medecin ; il étoit
cependant si ignorant , qu'il

confondoit la colique avec l'hy-
dropifie, & ne fçavoit feulement
pas diftinguer la rubarbe d'avec
le bezoart. Il ne vifitoit jamais
deux fois un malade, car il le
faifoit mourir à la premiere. Il y
avoit au contraire dans la même
province, un autre Medecin
très-habile, & qui avoit une
connoiffance parfaite des fim-
ples, & par ce moyen guérif-
foit les maladies les plus defef-
perées. Or, ce fçavant homme
devint aveugle, & ne pouvant
plus exercer fon art, il fe retira
dans une folitude, pour y vivre
en repos. Le Medecin ignorant
n'eut pas plûtôt appris la retraite
d'un homme qui ne voyoit pas
fans envie, qu'il fît éclater par
tout fon ignorance, voulant
faire connoître fon profond fçavoir. Un jour la fille du Roy

de son pays tomba malade : On eut recours au sçavant Mede- cin, parce qu'outre qu'il avoit déja servi la cour, on étoit per- suadé qu'il étoit plus habile que celui qui vouloit tâcher de se mettre en vogue. Ce sçavant homme étant près du lit de la Princesse, & ayant appris le su- jet de sa maladie, ordonna une pillule composée de certaines drogues qu'il nomma. On lui demanda où ces drogues pour- roient se trouver. Il répondit qu'il en avoit vu autrefois dans le trésor, mais qu'étant aveugle il ne les pourroit distinguer, y ayant quantité de boëtes dans lesquelles elles étoient enfer- mées, & qui étoient confondues avec beaucoup d'autres. Le Me- decin ignorant dit qu'il con- noissoit bien ces drogues, & qu'il

fçavoit même la maniere dont
on s'en devoit fervir. Allez donc
dans mon tréfor, lui dit le Roy,
& prenez ce qu'il faut pour com-
pofer cette pillule, il entra dans
le tréfor, & fe mit à chercher
la boëte dans laquelle devoient
être ces drogues ; mais comme
il y avoit plufieurs boëtes femblables, il ne put diftinguer les
drogues qu'il falloit, ne les con-
noiffant pas, dans cet embarras
il aima mieux prendre une boëte
à tout hazard, que d'avouer fon
ignorance, mais il ignoroit que
ceux qui fe mêloient de ce qu'ils
ne fçavoient pas, s'en repentoit
tôt ou tard ; car il choifit jufte-
ment une boëte dans laquelle il
y avoit un poifon très fubtil dont
il compofa cette pillule, qu'il fit
prendre à la Princeffe, & qui
mourut fur le champ. Auffi-tôt
le

le Roy le fit arrêter & le condamna à mort.

Cet exemple, poursuivit Demneh, vous montre qu'il ne faut
jamais dire ni faire une chose
que l'on ne sçait pas. On voit à
votre phisionomie, interrompit
un des assistans, que vous ne
valez rien, & que vous êtes un
fourbe. Alors le Cadis demanda
à celui qui venoit de parler,
quelle certitude il avoit de ce
qu'il avançoit. Les phisionomi-
stes remarquent, répondit-il,
que ceux qui ont les sourcils sé-
parez, l'œil gauche chassieux &
plus grand que l'œil droit, le
nez tournez du côté gauche, &
qui faisans les hypocrites, ont
toûjours les yeux baillez en terre, sont ordinairement traîtres
& flatteurs; c'est pourquoi Demneh ayant tous ces signes, j'ay

cru dire la verité en difant qu'il
ne valoit rien. Votre fcience
n'eft pas fûre, s'écria Demneh,
c'eft Dieu qui nous forme comme il lui plaît, & nous donne
telle phifionomie que bon lui
femble : Si ce que vous dites
étoit vray, & que chacun por-
tât écrit fur fon vifage tout ce
qu'il a dans l'ame, & que par là
on pût fans fe tromper, diftinguer les bons d'avec les méchans, il ne feroit pas befoin
d'avoir des Juges & des témoins
pour terminer les differens qui
naiffent dans la vie civile. Il
feroit même injufte de faire jurer les uns, & de donner la
queftion aux autres pour en tirer la verité, puifqu'on la verroit fi clairement. D'ailleurs,
fi les fignes dont vous venez de
parler, impofoient une neceffité

à ceux qui les ont, ne feroit-ce
pas une juſtice de châtier les
méchans, puiſqu'ils ne ſont pas
libres dans leurs actions. Il faudroit donc conclure, ſuivant
cette maxime, que ſi je ſuis cauſe de la mort de Choutourbeh,
ce qui n'eſt pas, je ne mérite pas
de châtiment, puiſque je ne
ſuis pas maître de mes actions,
& que j'ay été forcé par les
marques que je porte, à inven-
ter contre le bœuf les plus noi-
res calomnies ; vous voyez donc
par ce raiſonnement que le vôtre
n'eſt pas bon. Demneh ayant
fermé la bouche à celui des aſſi-
ſtans qui venoit de parler, perſonne n'oſa plus rien dire, ce
qui obligea le Cadis de le ren-
voyer encore une fois en priſon.
Comme Demneh en cet état
avoit beſoin de conſolation, il

voulut envoyer quelqu'un à Kelileh, pour lui dire qu'il le prioit
de le venir voir ; mais un renard
qui se trouva là par hazard, lui
épargna cette peine en lui ap-
prenant la mort de son ami, à
qui la douleur de le voir dans
une si méchante affaire avoit
ôté la vie. Cette nouvelle tou-
cha si vivement Demneh, que
ne se souciant plus de vivre, il
parut inconsolable. Le renard
essayoit de lui remettre l'esprit,
en lui disant que si il avoit perdu un ami si cher, il avoit en
récompense trouvé en lui un autre qui ne lui seroit pas moins
fidele. Demneh voyant qu'il
n'avoit plus personne en qui il
pût avoir de la confiance, & que
ce renard lui offroit ses services
de si bonne grace, il les reçut.
Je vous prie, lui dit-il, d'aller

à la cour, & de me rapporter
fidelement ce qu'on y dit de moi;
c'est la premiere preuve d'amitié que je vous demande. Très-
volontiers, répondit le renard.
Adieu, je vous laisse, je vais
observer ce qui se passe à votre
égard, en même temps il partit.
Le lendemain à la pointe du
jour la mere du lion alla trouver son fils, à qui elle demanda
ce qu'on avoit fait de Demneh,
il est encore en prison, répondit
le Roy. Vous avez bien de la
peine à le condamner, reprit la
mere ; Craignez qu'il ne vous
échape à la fin par son adresse.
Si vous voulez être présente,
dit le Roy, vous verrez ce qui
se résoudra. Après avoir dit cela, il ordonna qu'on fît venir
l'accusé, afin qu'on terminât son
affaire. Cet ordre fut executé

promptement, & le prisonnier étant en présence des Juges qui étoient assemblez, le Cadis se leva, & fit la même demande que le jour précedent ; c'est-à-dire, qu'il pria encore les assistans de parler s'ils avoient quelques choses à déposer contre Demneh. Mais personne ne dit rien. Ce que remarquant le renard : Je vois bien, s'écria-t-il, que personne ne veut porter aucun faux témoignage, de peur de s'exposer au châtiment qu'éprouva le fauconnier pour avoir soutenu une fausseté.

# LA
# FEMME VERTUEUSE
## ET
# SON ESCLAVE.
## *CONTE.*

UN fort honnête homme avoit une femme aussi sage que belle ; il avoit pour esclave un garçon fort vitieux, mais il ne pouvoit se résoudre à le vendre, parce qu'il étoit bon fauconnier. Or, comme c'est la coûtume du Levant de tenir les femmes cachées, suivant cette loi cet esclave n'avoit jamais vu sa maîtresse mais un jour l'aïant apperçue par hazard, il en de-

X iiij

vint paffionnément amoureux ; il
la fit folliciter par une confidente
à fatisfaire fes fales defirs , mais
il perdoit toutes fes peines , ayant
affaire à une femme très-ver-
tueufe. A la fin, defefperant de
s'en faire aimer, fon amour fe
changea en haine , & il médita
une fanglante vengeance. Pour
cet effet il alla acheter au marché deux perroquets , à l'un
defquels il apprit à prononcer
ces mots : *J'ay vû ma maîtreffe*
*couchée avec un de fes efclaves ;*
& à l'autre, *Pour moy je ne dis*
*mot.* Peu de temps après , fon
maître ayant convié quelques-
uns de fes amis à un feftin, &
tout le monde étant à table , ces
perroquets commencerent à ré-
peter leur leçon. Il faut fçavoir
que l'efclave leur avoit appris à
dire ces paroles dans le langage

de fon pays, ce que le maître,
la maîtreffe, ni les autres do-
meftiques n'entendant pas, perfonne ne prenoit garde à cela ;
mais un des conviez, qui par
hazard étoit du même pays de
l'efclave, n'eut pas plûtôt ouï
les perroquets, qu'il ceffa de
manger ; le maître étonné lui en
demanda le fujet : N'entendez-
vous pas, répondit-il, ce que
difent ces oifeaux ; non, dit le
mary ; ils difent, reprit-il, qu'un
de vos efclaves abufant de votre
facilité, vous deshonore, & eft
en intrigue avec votre femme.
Ce pauvre homme fut tellement
furpris d'entendre ces paroles,
demanda pardon à fes amis de
les avoir amené dans un lieu où
il fe commettoit cette impure-
té. L'efclave alors fe fervant de
cette occafion pour aigrir davan-

tage son maître, dit que cela
étoit vray, & qu'il avoit vû plus
d'une fois sa maîtresse embrasser
un de ses camarades sans en oser
rien dire, ce qui mit cet homme
dans une si grande fureur, qu'il
commanda que l'on fît mourir
sa femme & cet esclave sur le
champ. Elle dit à ceux qui venoient pour exeeuter le comman-
dement de son mari, qu'elle
étoit prête à souffrir le supplice
que l'on lui destinoit, mais qu'-
elle auroit souhaité que son mari
l'eût écoutée auparavant, parce
que si son innocence étoit recon-
nue, il se repentiroit inutilement
de l'avoir fait mourir ; cela aïant
été rapporté à ce mary, il la fit
venir dans un petit cabinet, &
lui ordonna de se tenir derriere
un voile, afin qu'elle se justifiât
si elle pouvoit : Car ces oiseaux,

difoit-il, ne font pas raifonnables,
& on ne peut pas les accufer de
fuppofition ni de corruption;
comment vous juftifierez - vous
donc ? Vous êtes obligé, répondit la femme, de bien connoître
la verité avant de me condamner ; fçachez de ces meffieurs,
fi ces oifeaux ont une fuite de
difcours, ou s'ils répetent toûjours la même chofe. Si ils ne
difent que la même chofe, c'eft
un artifice dont s'eft fervi votre
efclave pour me mettre mal dans
votre efprit, ne pouvant obtenir
de moi les faveurs qu'il defiroit.
Cet homme jugeant par ce difcours que fa femme pouvoit n'ê-
tre point coupable, alla trouver
les conviez, leur porta ces oifeaux, & les fupplia de voir fi
pendant quelques jours ces perroquets diroient la même chofe,

ce que les conviez firent ; ils trouverent en effet qu'ils ne sçavoient que la même leçon ; ils en avertirent le mary, qui connut l'innocence de sa femme & la malice de son esclave. Il le fit venir, il parut aussi-tôt avec un faucon sur le poing. O méchant, lui dit la femme ! Pourquoi m'avez-vous accusé d'un si lâche crime ? parce que vous l'avez commis , répondit - il insolemment ; il n'eut pas plûtôt répondu cela , que le faucon qui étoit sur son poing lui sauta au visage & lui creva les yeux. Voilà quel fut le fruit de son insolence & de sa calomnie.

Cet exemple, poursuivit Demneh, vous fait voir de quel importance il est de ne porter jamais aucun faux témoignage , car cela tourne toûjours à notre

confusion. Après que le renard
eut cessé de parler, le lion regarda sa mere, & lui demanda
son avis. Je vois bien, répondit-
elle, que vous aimez ce méchant, qui ne causera que du désordre dans votre cour si vous n'y
prenez garde : Je vous supplie,
répondit le lion, de me dire qui
vous a si fort prévenu contre
Demneh. Il n'est que trop vrai,
répondit la mere du lion, qu'il a
commis le crime que l'on lui
impute ; mais je ne découvrirai
point la personne qui m'a confié
ce secret, cependant je vais sçavoir de lui s'il veut que je l'appelle à témoin, ce qu'elle fit sur
le champ. Elle se retira chez
elle & envoya querir le leopard ;
lorsqu'il fut arrivé, elle lui dit,
viens déclarer hardiment ce que
tu sçais de Demneh. Quel peril

qu'il y ait de rappeller à sa Majesté l'injustice qu'il a commise
en donnant la mort à Choutourbeh, disposez de moi comme il
vous plaira. La mere du lion
mena aussi-tôt le leopard devant
le Roy, à qui elle dit : Voici le
témoin irréprochable que j'ay à
produire contre Demneh. Alors
le lion demanda, s'adressant au
leopard, quelles preuves il avoit
de la perfidie de l'accusé. Sire,
répondit le leopard, j'ay voulu
quelques temps cacher cette verité, pour voir quelle raison il
apporteroit pour se justifier. A-
lors il fit un long récit de la conversation qu'il avoit entendue
entre Kelileh & Demneh ; cette
déposition ayant été faite en présence de plusieurs animaux, elle
ne tarda gueres à être divulguée
par tout, & être confirmée par

le singe dont j'ai parlé cy dessus.
On interrogea le criminel, qui
ne sçut que répondre, ce qui dé-
termina enfin le lion à prononcer
son arrest. Il fut condamné à
être enfermé entre quatre mu-
railles, où on le laissa mourir
de faim.

Ces chapitres doivent apprendre aux trompeurs & aux flatteurs qu'ils doivent se corriger,
je pense avoir assez fait voir
qu'un méchant a presque toûjours une fin malheureuse, outre qu'il se rend odieux dans la
société. Celui qui plante des
épines ne doit pas esperer de
cultiver des roses.

# CHAPITRE III.

*Comme il faut se faire des amis,*
*& quel avantage on peut*
*tirer de leur commerce.*

VOus venez, dit le Roy,
de me raconter l'histoire
d'un fourbe, qui sous de fausses
apparences d'amitié, a causé la
mort d'un innocent. Je vous prie
de me dire de quelle utilité sont
les amis dans la vie civile. Il
faut, répondit le Bramine, que
votre Majesté sçache que les
honnêtes gens n'estiment rien
tant au monde qu'un veritable
ami, parce que c'est un autre
nous-mêmes, à qui nous com-
muniquons nos plus secrettes
pensées, & qui en partageant
notre

notre joye, nous confolent quand
nous fommes affligez : ajoûtez à
cela que fa compagnie nous fait
beaucoup de plaifir ; quelques
Fables de Lokman que je vas
vous conter, vous feront mieux
comprendre quelles font les douceurs d'une amitié réciproque.

# LE CORBEAU,
## LE RAT,
## LE PIGEON,
### LA TORTUE,
## ET LA GAZELLE.
### FABLE.

IL y avoit aux environs de
Cachmir, un lieu très-agrea-
ble ; & comme il étoit rempli de
gibier, on y voyoit tous les jours

*Tome II.* Y

des chaffeurs. Un corbeau apperçut au pied d'un arbre, au
haut duquel il avoit fon nid, un
homme qui tenoit un filet en fa
main. Le corbeau eut peur, s'i-
maginant que c'étoit à lui que
le chaffeur en vouloit ; neanmoins il ceffa de craindre, lorfqu'il eut obfervé les mouvemens
du perfonnage, lequel après a-
voir tendu fon filet à terre, &
répandu quelques grains pour
attirer les oifeaux, alla fe cacher
derriere une haye. Il n'y fut pas
plûtôt, qu'une troupe de pigeons
affamez vint fondre fur les grains
fans écouter leur chef qui voulut les en empêcher, en leur difant qu'il ne falloit pas fi bruta-
lement s'abandonner à fes paffions. Ce fage chef qui étoit un
vieux pigeon nommé Montavala, les voyant fi indociles, eut

envie de s'éloigner d'eux ; mais
le deftin qui nous entraîne im-
perieufement , le contraignant
de fuivre la fortune des autres ,
il defcendit à terre avec eux.
Lorfqu'ils fe virent tous fous le
filet, & fur le point de tomber
entre les mains du chaffeur, qui
s'avançoit pour les prendre. He
bien ! leur dit Montavala , me
croirez-vous une autre fois ; je
vois bien , continua-t-il , s'appercevant qu'ils fe débattoient, que
chacun de vous ne fonge qu'à
fe fauver fans fe foucier de ce
que deviendra fon compagnon.
Ce n'eft pas là le procedé des
vrais amis, il faut fonger à fe
foulager les uns & les autres, &
peut-être qu'une action fi charitable nous fauvera tous. Effor-
çons-nous donc tous enfemble de
rompre le filet. Ils obeïrent tous

à Montavala, & firent en même
temps un fi grand effort, qu'ils
arracherent le filet & l'enleve-
rent en l'air. Le chaffeur fâché
de perdre une fi belle proye,
fuivit les pigeons dans l'efperance que la pefanteur du filet les
lafferoit.

Cependant le corbeau voyant
tout cela, dit en lui-même : voilà
une avanture bien finguliere ,
j'en veux voir la fin ; pour cet
effet il fuivit de loin les pigeons.
Montavala remarquant que le
chaffeur paroiffoit réfolu de ne
les point abandonner : Ce méchant homme , dit-il à fes compagnons , ne ceffera point de
nous fuivre, qu'il ne nous ait
perdu de vûe. Allons du côté
des bois & des vieux châteaux,
afin que quelque muraille ou
quelque foreft bien épaiffe , en

nous dérobant à ſes yeux, l'oblige à ſe retirer. Effectivement
cet expedient réuſſit, une foreſt
empêchant bien-tôt le chaſſeur
de les voir, il retourna ſur ſes
pas fort affligé. Pour le corbeau
il les ſuivoit toûjours, & il n'a-
voit pas peu de curioſité de ſça-
voir comment ils ſe dégageroient
du filet qui les tenoit liez, afin
de ſe ſervir de ce ſecret en pareil cas.

Les pigeons ne voyant plus le
chaſſeur à leurs trouſſes, ſenti-
rent beaucoup de joye, mais ils
ne ſçavoient que faire pour bri-
ſer leurs liens ; Montavala qui
étoit fertile en inventions, en
trouva une pour cela. Il faut,
leur dit-il, nous adreſſer à quelqu'intime ami, qui ſans trahiſon
nous détache. Je connois, ajoûta-t-il, un rat qui ne demeure

pas loin d'ici ; c'eſt un fidele a-
mi , il ſe nomme Zirac , il pourra ronger le filet , & nous donner la liberté. Les pigeons qui
ne demandoient pas mieux , y
conſentirent ; ils arriverent bien-
tôt auprès du trou où étoit le
rat , qui ſortit au bruit de ſes
aîles. Il fut fort ſurpris de voir
Montavala ainſi envelopé dans
un filet. O mon cher ami , lui
dit il , qui vous a mis en cet
érat ; Montavala lui ayant conté
toute l'avanture , Zirac commença d'abord à ronger le filet
qui tenoit Montavala, mais Montavala lui dit : Je te prie de dégager premierement mes compagnons. Zirac qui ſouffroit à
le voir ainſi lié : Je te conjure
encore une fois, s'écria Montavala , de mettre mes compagnons
en liberté auparavant moi ; car

outre qu'étant leur chef, je suis obligé d'en avoir soin, je crains que la peine que tu prendras à me détacher, ne t'empêche de continuer à rendre ce bon office aux autres ; au lieu que l'amitié que tu as pour moi, t'excitera à les délivrer promptement pour venir rompre mes chaînes. Le rat admirant ce raisonnement, loua la vertu de Montavala, & se mit à briser les liens des pigeons, ce qui fut bien-tôt fait. Montavala se voyant en liberté avec ses compagnons, prit congé de Zirac, en lui faisant mille remercimens. Dès qu'ils furent partis, le rat rentra dans son trou. Le corbeau qui consideroit tout cela, eut une extrême envie de faire connoissance avec Zirac; pour cet effet, il s'approcha du trou, & appella le

rat par fon nom. Zirac effrayé
de cette voix inconnue, demanda qui étoit là. Le corbeau répondit : C'eft un corbeau qui a
quelque chofe d'important à te
communiquer. Quelle affaire,
reprit le rat, pouvons-nous avoir
enfemble, nous qui fommes ennemis ? Alors le corbeau lui dit
qu'il fouhaitoit d'être des amis
d'un rat qu'il fçavoit être un
ami fincere. Je te prie, repartit
Zirac, de chercher un animal
dont l'amitié convienne mieux à
la tienne. Tu perds le temps à
me vouloir perfuader une amitié
incompatible. Ne vous arrêtez
point à ces incompatibilitez, dit
le corbeau, & faites une action
genereufe, en ne refufant à perfonne le fecours qu'il defire de
vous. Vous avez beau, repliqua
Zirac, me parler de generofité,
je

je connois trop vos fineſſes ; en
un mot, nous ſommes d'une eſpece ſi differente, que nous ne
pouvons avoir de communica-
tions enſemble. L'exemple de la
perdrix qui accorda trop legere-
ment ſon amititié à un faucon
qui la lui demandoit me ren-
dra ſage.

✻✽✽✻✽✽✻✽:✽✻✽✽✻✽✽

# LA PERDRIX
## ET
# LE FAUCON.
### FABLE.

UNE perdrix, pourſuivie
Zirac, ſe promenoit au
pied d'une coline, & chantoit ſi
agréablement, qu'un faucon qui
paſſoit par là, & qui l'entendit,

souhaitoit d'avoir son amitié.
Personne ne peut vivre sans un
ami, disoit-il en lui-même, puisque les Sages disent que ceux
qui n'ont point d'amis, sont dans
une maladie continuelle. Il voulut donc s'approcher de la perdrix ; mais elle ne l'eut pas plûtôt apperçu, qu'elle se sauva
dans un trou, agitée d'une fraïeur
mortelle. Le faucon ne laissa pas
de la suivre, & se présentant à
l'entrée du trou : O ma chere
perdrix, lui dit-il, j'ai eu jusqu'ici de l'indifference pour vous
parce que je ne connoissois pas
votre mérite ; mais puisque mon
bonheur me le fait connoître
aujourd'hui, trouvez bon que je
vous offre mon amitié, & que
je vous prie de m'accorder la
vôtre. Tyran, répondit la perdrix, laissez-moi vivre, & ne

vous efforcez pas inutilement d'accorder l'eau & le feu. Aimable perdrix, repliqua le faucon, banniffez ces vaines craintes, foyez perfuadée que je vous aime, & que je veux avoir commerce avec vous : Si j'avois un autre deffein, je ne m'amuferois point à vous parler avec tant de douceur pour vous faire fortir de ce trou, j'ay de fi bonnes ferres, que j'aurois déja attrapé plus d'une douzaine de perdrix, depuis le temps qu'il y a que je m'entretiens avec vous. Je fuis fûr que vous ferez bien aife d'être mon amie. Premierement, aucun faucon ne vous fera du mal, dès que vous ferez fous ma protection. Secondement, étant dans mon nid, vous ferez honorée de tout le monde; & enfin, je vous donnerai ma femelle qui

vous tiendra compagnie. Quand
tout cela seroit vrai, repartit la
perdrix, je ne dois pas accepter
la proposition que vous me faites ; car vous étant le prince des
oiseaux , & moi un foible animal , si-tôt que je ferai quelque
chose qui vous sera desagréable,
vous ne manquerez pas de me
tuer. Non , non, dit le faucon,
ayez l'esprit en repos là-dessus :
On pardonne aisément une faute
à un ami.  Enfin, le faucon témoigna tant d'amité à la perdrix,
qu'elle ne put se défendre de sortir de son trou. Elle n'en fut pas
plûtôt dehors, que le faucon se
mit à l'embrasser tendrement, il
la porta dans son nid, où pendant deux ou trois jours il ne
songea qu'à la divertir. La perdrix ravie de se voir tant caref-
fée, voulut parler plus librement

qu'elle n'avoit fait encore ; ce qui commença de déplaire au faucon, mais il diſſimula. Un jour il tomba malade , ce qui l'empêcha d'aller à la chaſſe ; la faim vint , & comme il n'avoit pas dequoi la ſatisfaire , il devint chagrin. Sa mauvaiſe humeur allarma la perdrix, qui ſe tenoit en un coin dans une contenance fort modeſte ; mais le faucon ne pouvant plus ſoutenir la faim qui le preſſoit, réſolut de faire à la perdrix une querelle ſans raiſon. Il n'eſt pas juſte, lui dit-il bruſquement , que vous ſoyez à l'ombre , pendant que tout le monde eſt expoſé à l'ardeur du ſoleil. La perdrix répondit en tremblant, Roy des oiſeaux , il eſt déja nuit, tout le monde eſt à l'ombre auſſi-bien que moi, & je ne ſçai de quel ſoleil vous

Z iij

voulez parler. Infolente, repliqua le faucon, eſt ce que je ſuis un menteur ou un inſenſé, en diſant cela il ſe jetta ſur elle & la mangea.

N'eſperez donc plus, pourſuivit le rat, que ſur la foy de vos promeſſes, je me mette au hazard d'éprouver avec vous le même ſort. Entrez en vous-même, répondit le corbeau, & ſongez que je ne puis faire un grand régal d'un petit corps comme le vôtre; mais je ſçai que votre amitié me peut être fort utile, ne me refuſez donc pas cette grace. Les ſages, reprit le rat, nous avertiſſent de prendre garde de nous laiſſer aller aux belles paroles de nos ennemis, comme ce cavalier dont voici l'hiſtoire.

# L'HOMME
## ET
## LA COULEUVRE.

### *FABLE.*

UN homme monté fur un chameau paſſoit par un bocage, il alla ſe repoſer dans un endroit d'où une caravanne venoit de partir, & où elle avoit laiſſé du feu, dont quelques étincelles pouſſées par le vent enflammerent un buiſſon, dans lequel il y avoit une couleuvre. Elle ſe trouva ſi promptement environnée de flammes, qu'elle ne ſçavoit par où ſortir. Elle apperçut en ce moment cet homme dont je viens de parler, & elle

Z iiij

le pria de lui fauver la vie. Comme il étoit naturellement pitoyable, il dit en lui-même, il eft vrai que ces animaux font ennemis des hommes, mais auffi les bonnes actions font très-eftimables, & quiconque feme la graine des bonnes œuvres, ne peut manquer de cueillir le fruit des benedictions. Après avoir fait cette réflexion, il prit un fac qu'il avoit, & l'ayant attaché au bout de fa lance, il le tendit à la couleuvre qui fe jetta auffi-tôt dedans. L'homme auffi-tôt le retira & en fit fortir la couleuvre, lui difant qu'elle pouvoit aller où bon lui fembleroit, pourvu qu'elle ne nuifît plus aux hommes après en avoir reçu un fi grand fervice ; mais la couleuvre répondit, ne penfez pas que je veuille m'en aller de la forte.

Je veux auparavant jetter ma
rage fur vous & fur votre chameau. Soyez jufte , repliqua
l'homme , & dites-moi s'il eft permis de récompenfer le bien par
le mal. Je ne ferai en cela , repartit la couleuvre , que ce que
vous faites vous-même tous les
jours ; c'eft-à-dire , reconnoître
une bonne action par une mau-
vaife , & payer d'ingratitude un
bien-fait reçu. Vous ne fçau-
riez , reprit l'homme , prouver
cette propofition , & fi vous me
montrez quelqu'un qui foit de
votre opinion , je confentirai à
tout ce que vous voudrez. Hé
bien, repartit la couleuvre voïant
une vache, propofons à cette vache notre queftion , & nous ver-
rons ce qu'elle répondra ; l'homme y ayant confenti , ils s'approcherent de la vache , à qui la

couleuvre demanda comment il
falloit reconnoître un bien-fait;
par son contraire, répondit la
vache, selon la loi des hommes,
& je sçay cela par experience.
J'appartiens, ajoûta-t elle, à un
paysan, qui tire de moi mille
profits; je lui donne tous les ans
un veau; je fournis sa maison
de lait, de beure & de froma-
ge; & à présent que je suis vieille, & que je ne suis plus en état
de lui faire du bien, il m'a mis
dans ce pré pour m'engraisser,
dans l'esperance de me faire cou-
per la gorge un de ces jours par
un boucher, à qui il m'a déja
vendue. N'est-ce pas là récom-
penser le bien par le mal? La
couleuvre prit la parole, & dit
à l'homme: Hé bien, ne vous
ai-je pas voulu traiter selon vos
coûtumes? L'homme fut fort

étonné & répondit ; ce n'est pas
affez d'un témoin pour me convaincre, il en faut deux. Je le
veux, repliqua la couleuvre,
adreffons-nous à cet arbre qui eft
devant nous. L'arbre ayant appris le fujet de leur difpute, leur
dit : Parmi les hommes, les bienfaits ne font récompenfez que
par des maux, & je fuis un trifte
exemple de leur ingratitude. Je
garantis les paffans de l'ardeur
du foleil : Oubliant toutesfois le
plaifir que leur a fait mon om-
brage, ils coupent mes branches, en font des bâtons & des
manches de coignée, & par une
horrible barbarie, ils fcient mon
tronc pour en faire des ais. N'eft-
ce pas là mal reconnoître un bien
fait reçu ? La couleuvre alors
regardant l'homme, lui deman-
da s'il étoit fatisfait ; il ne fçavoit

que répondre tant il étoit con-
fus ; neanmoins cherchant à se
tirer d'affaire, il dit à la couleuvre : Prenons encore pour juge
le premier animal que nous ren-
contrerons ; donne-moi cette satisfaction, je t'en prie, car tu
sçais que la vie est fort chere.
Pendant qu'il parloit ainsi, il
passa par là un renard que la
couleuvre arrêta, le conjurant
de mettre fin à leur different.
Le renard voulut sçavoir dequoi
il s'agissoit. J'ai rendu un grand
service à la couleuvre, dit l'homme, & elle me veut persuader
que pour récompense il faut me
faire du mal. Elle a raison, s'é-
cria le renard ; mais apprenez-
moi quel bien elle a reçue de
vous. L'homme lui raconta de
quelle maniere il l'avoit retirée
des flammes avec le petit sac

qu'il lui montra. Quoi, reprit le renard en riant, vous prétendez me faire accroire qu'une si grosse couleuvre est entrée dans un si petit sac ? Cela me paroît impossible, & si la couleuvre y veut rentrer pour me convaincre, j'aurai bien-tôt jugé votre affaire : Très-volontiers, répondit la couleuvre, & en même temps elle entra dans le sac. Alors le renard dit à l'homme : Tu es maître de la vie de ton ennemi, sers toi de cette occasion. L'homme aussi-tôt lia le sac, & le frapa tant de fois contre une pierre, qu'il assomma la couleuvre, & finit par ce moyen la crainte de l'un & les disputes de l'autre.

Cette fable, poursuivit le rat, vous apprend qu'il ne faut pas se fier aux belles paroles de ses ennemis, de peur de tomber dans

de pareils accidens. Tu as raifon,
dit le corbeau ; mais il faut auffi
fçavoir bien diftinguer les amis
d'avec les ennemis; je te jure que
je ne m'éloignerai pas d'ici que
tu ne m'aye accordé ton amitié.
Zirac voyant que le corbeau agif-
foit franchement, lui dit : C'eft
un honneur pour moi de porter
le titre de ton ami, & fi j'ay fi
longtemps réfifté à tes follicita-
tions, ce n'a été que pour t'é-
prouver & pour te faire voir que
je ne manque pas d'efprit & d'a-
dreffe. En difant cela il fortit ;
mais il demeura à l'entrée du
trou. Que ne fors-tu hardiment,
demanda le corbeau, eft-ce que
tu n'es pas encore affuré de mon
affection ? Ce n'eft point cela,
répondit le rat ; mais je crains
tes compagnons qui font fur ces
arbres. Sois fans inquiétude là-

deſſus, repliqua le corbeau, ils te regarderont comme leur ami, car c'eſt une de nos coûtumes, que quand un d'entre nous lie une étroite amitié avec un animal d'un autre eſpece, nous aimons tous cet animal. Le rat ſur la bonne foi de ces paroles, s'approcha du corbeau, qui lui fit forces careſſes, lui jurant une amitié inviolable, & le priant d'aller demeurer avec lui chez une tortue de ſes amis, dont il lui venta le bon caractere. J'ay conçû tant d'inclinations pour vous, dit le rat, que je vous ſuivrai par tout deſormais comme votre ombre, auſſi-bien ce n'eſt pas ici ma propre demeure. Je ne me ſuis réfugié ici que par un accident que je vous raconterois ſi je ne craignois de vous ennuyer. Le corbeau lui répon-

dit : Mon cher ami, pouvez-vous
avoir cette crainte , & ne devez-
vous pas être perfuadé que je
prends part à tout ce qui vous
regarde ? Mais la tortue , ajoûta-
t-il , dont l'amitié eft une bonne
acquifition que vous ne pouvez
pas manquer de faire , fera bien-
aife d'entendre le récit de vos
avantures.   En même temps il
prit le rat dans fon bec , & le
porta chez la tortue , à laquelle
il apprit ce qu'il avoit vû faire à
Zirac. Elle felicita le corbeau
de s'être acquis un ami fi parfait , & elle careffa le rat , qui
de fon côté fçavoit trop bien vivre pour ne lui témoigner pas
qu'il étoit extrê ‑ment fenfible
à toutes les honnêtetez qu'elle
lui faifoit. Après beaucoup de
complimens de part & d'autre ,
ils allerent tous trois fe promener
au

au bord d'une fontaine. Ensuite
ayant choisi un endroit fort é-
carté du grand chemin, le corbeau pressa Zirac de raconter ses
avantures, ce qu'il fit de cette
sorte.

## *Avantures de Zirac.*

JE suis né & je demeurois dans
une ville des Indes, nommée
Marout; j'avois choisi un lieu où
regnoit le silence, pour vivre
sans inquiétude; je goûtois les
douceurs d'une vie tranquille a-
vec quelques rats de mon humeur: il y avoit en notre voisinage un Moine qui se tenoit dans
son monastere, pendant que son
compagnon alloit à la quête; il
mangeoit une partie de ce qu'il
lui apportoit, & gardoit l'autre
pour son souper; mais il ne trouvoit jamais son plat dans le même

état qu'il l'avoit laissé, car pendant qu'il étoit dans son jardin, je me remplissois la pense, & j'appellois mes compagnons, qui s'acquittoient aussi bien que moi de leur devoir. Le Moine voyant sa pitance diminuée pestoit contre nous, & cherchoit dans ces livres quelques recette ou quelques machines pour nous prendre ; mais tout cela ne lui servit de rien, parce que j'étois toûjours plus fin que lui. Un jour un de ses amis qui venoit de faire un long voyage, entra dans sa cellule pour le voir ; aprés qu'ils eurent diné, ils se mirent à s'entretenir des voyages. Le moine demanda à son ami ce qu'il avoit vû de plus rare & de plus curieux dans les pays étrangers : Le voyageur commença de lui raconter tout ce qu'il avoit remarqué de plus beau, mais pendant qu'il s'amusoit à lui faire la description des endroits agreables par où il avoit passé, le Moine l'interrompoit de temps en temps par le bruit qu'il faisoit en frappant ses mains l'une contre l'autre, & battant du pied contre terre pour nous chasser, parce qu'effectivement nous faisions souvent des sorties sur les provisions, sans nous soucier de l'incivilité qu'il commettoit. Le voyageur à la fin trouvant mauvais que le Moine ne l'écoutât pas, lui dit brusquement : Vous ne deviez pas me retenir ici pour vous mocquer de moi. Dieu me garde, répondit le Moine tout surpris, de me mocquer d'une personne de mérite. Je vous demande pardon de vous avoir interrompu. Mais il y a dans ce

monaſtere une troupe de rats qui
me mangeront juſqu'aux oreilles, & il y en a un qui eſt ſi hardi, qu'il me vient mordre le nez
quand je ſuis au lit, & je ne ſçai
que faire pour l'attraper ; le voyageur parut ſatisfait des excuſes du Moine, & lui dit : Il y a
quelque myſtere en cecy, & cet
avanture me fait ſouvenir d'une
hiſtoire que je vous raconterai
ſi vous voulez m'écouter avec
attention.

# LE MARY
## ET
## LA FEMME.
### CONTE.

UN jour le mauvais temps, continua-t-il, m'obligea de m'arrêter dans un bourg, où j'allai loger chez un de mes amis qui me reçut fort honnêtement. Après le souper, il me fit monter pour me repoler, dans une chambre qui n'étoit séparée de la sienne que par une cloison de bois, d'où j'entendis malgré-moi la conversation qu'il eut avec sa femme. Je veux, lui dit-il, convier demain les principaux de ce bourg, pour donner quelque

divertiſſement à mon ami , qui
m'a fait l'honneur de me venir
voir. Vous n'avez pas dequoi
entretenir votre famille , lui répondit ſa femme , & vous parlez
de faire beaucoup de dépenſe ;
penſez plûtôt à ménager un peu
de bien à vos enfans , & non pas
à faire des feſtins. La providence de Dieu eſt grande , reprit le
mary , & il ne faut pas ſonger
au lendemain , de peur qu'il ne
vous arrive ce qu'il arriva au
loup. Je vais te faire le récit de
cette avanture.

# LE CHASSEUR
## ET
## LE LOUP.
### *FABLE.*

UN chaſſeur revenant un jour de la chaſſe avec un daim qu'il avoit pris, apperçut un ſanglier qui ſortoit d'un bois & qui venoit droit à lui; bon, dit le chaſſeur, cette bête augmentera ma proviſion. Il banda ſon arc auſſi-tôt, & décocha ſa fleche ſi adroitement, qu'il bleſſa le ſanglier à mort. Cet animal ſe ſentant bleſſé, vint avec tant de furie contre le chaſſeur, qu'il lui fendit le ventre avec ſes défenſes, de maniere qu'ils rom-

berent morts fur la place tous
deux.

Dans ce temps-là, il paffa dans
cet endroit un loup affamé, qui
voyant tant de viandes par terre,
en eut grande joye : Il ne faut
pas, dit-il en lui-même, prodiguer tant de biens ; mais je dois,
ménageant cette bonne fortune,
conferver toutes ces provifions ;
neanmoins comme il avoit faim,
il en voulut manger quelque
chofe. Il commença par la corde
de l'arc, qui étoit de boyau ;
mais il n'eut pas plûtôt coupé la
corde, que l'arc qui étoit bien
bandé lui donna un fi grand
coup contre l'eftomac, qu'il le
jetta roide mort fur les autres
corps.

Cette fable, dit le mary, fait
voir qu'il ne faut point être ava-
re. Puifque cela eft ainfi, lui
dit

dit fa femme, invitez à dîner demain qui bon vous femblera.

Le lendemain comme elle apprêtoit à dîner, & qu'elle faifoit une fauce avec du miel qu'elle avoit acheté, elle vit tomber dans le pot au miel un rat qui lui fit mal au cœur ; ne voulant plus fe fervir de ce miel, elle le porta au marché, & prit des pois en échange. Je me trouve par hazard près d'elle, & je lui demandai pourquoi elle faifoit un marché fi défavantageux, & donnoit le miel au prix des pois ; c'eft qu'il vaut moins que les pois, me répondit-elle tous bas. Je ne doutai plus après cela qu'il n'y eût quelque myftere là-deffous. Il en eft de même de ce rat, il ne feroit pas fi hardi s'il n'avoit une raifon de l'être, que nous ne fçavons pas. Pour moy je

crois qu'il y a quelqu'argent caché dans fon trou. Le Moine
n'eut pas plûtôt entendu parler
d'argent qu'il prit une coignée,
& fit fi bien qu'en perçant la
muraille, il découvrit mon tréfor, qui étoit une fomme de mille
deniers d'or, que j'avois amaffé
avec peine : Je les comptois tous
les jours ; je prenois plaifir à les
manier & à me rouler deffus,
faifant en cela confifter tout mon
bonheur. Hé bien, dit le voyageur au Moine, n'avois-je pas
raifon d'attribuer l'infolence de
fes rats, à une caufe que nous
ignorions.

Je vous laiffe à penfer du dé-
fefpoir dont je fus faifi, quand
je vis ma demeure ravagée de
la forte ; je réfolus de changer
de logis, mais tous mes compagnons me quitterent, & me firent

bien éprouver la verité de ce
Proverbe : *Quiconque n'a point*
*d'argent, n'a point d'amis.* D'ailleurs, les amis d'aujourd'hui ne
nous aiment qu'autant que notre
amitié leur eſt avantageuſe. Un
jour on demandoit à un homme
qui étoit riche & qui avoit beaucoup d'eſprit, combien il avoit
d'amis. Pour des amis de ce ſie-
cle, répondit-il, j'en ai autant
que d'écus ; mais pour des amis
veritables, il faut attendre que
je ſois dans la miſere ; car c'eſt
alors qu'on les connoît.

Pendant que je faiſois des réflexions ſur l'acident qui m'étoit
arrivé, je vis paſſer un rat, je
l'appellai, & lui demandai,
pourquoi il me fuyoit comme les
autres. Penſe-tu, me répondit-
il, que nous ſoyons aſſez fous
pour t'aller ſervir pour rien ?

Lorſque tu étois riche nous étions tes ſerviteurs, mais à préſent que tu es pauvre, nous ne voulons point nous aſſocier à ta pauvreté, parce que les plus miſérables de ce monde ſont ceux qui n'ont rien. Tu ne dois pas tant mépriſer les pauvres, lui dis-je, puiſqu'ils ſont cheris de Dieu. Il eſt vrai, répondit il, mais ce ne ſont pas les pauvres qui ſont faits comme toi. Dieu aime ceux qui ont quitté le monde, mais non pas ceux que le monde a quittez. Je ne ſçus que répondre à ſes paroles. Je demeurai pourtant encore chez le Moine, pour voir ce qu'il feroit de l'argent qu'il m'avoit ôté, je remarquai qu'il en donna la moitié à ſon ami, & que chacun mettoit ſa part ſous ſon chevet; j'eus envie de leur aller enlever

cet argent, pour cet effet je
m'approchai doucement du lit
du moine; mais son ami qui ob-
servoit toutes mes actions, sans
que je m'en apperçusse, me jetta
un bâton si rudement, qu'il me
rompit quasi le pied, ce qui m'o-
bligea de gagner promptement
mon trou, ce ne fut pourtant pas
sans peine. Une heure après j'en
sortis pour la seconde fois, croyant le voyageur endormi : mais
il faisoit trop bien la sentinelle,
parce qu'il craignoit de perdre
sa bonne fortune. De mon côté
je ne perdis point courage, j'a-
vançai, & j'étois déja près du
chevet du moine, lorsque ma
témerité me pensa coûter la vie.
Le voyageur me donna un second coup sur la tête si adroitement, que me sentant tout étour-
di, je ne pouvois presque re-

B b iij

trouver l'entrée de mon trou,
cependant le voyageur me jetta
pour la troisiéme fois un bâton,
mais comme il ne m'attrapa
point, j'eus le loisir de gagner
mon azile, où je ne fus pas
plûtôt, que je protestai de ne
poursuivre plus une chose qui
m'avoit coûté tant de peine &
d'inquiétude. Ensuite de cette
résolution je sortis du monastere, & me retirai dans l'endroit
où vous m'avez vû avec le pigeon. La tortue fut bien aise
d'avoir appris les avantures du
rat, qui lui dit en le caressant:
vous avez bien fait d'abandonner le monde & ses intrigues,
puisqu'on n'y sçauroit trouver
une parfaite satisfaction. Tous
ceux que l'avarice & l'ambition
agitent, se procurent la mort,
comme le chat, dont vous ne

ferez pas fâché d'entendre
l'histoire.

## LE CHAT
## Gourmand.

### FABLE.

UN homme nourrissoit chez
lui un chat fort frugale-
ment, mais le chat qui étoit
gourmand, ne se contentant pas
de son ordinaire, furetoit de
tous côtez pour attraper quelque bon morceau. Passant un
jour au pied d'un colombier, il
y vit de petits pigeons qui n'a-
voient presque point de plume
encore. L'extrême envie qu'il
avoit de tâter d'une viande si
délicate, lui faisoit venir l'eau à

B b iiij

la bouche. Il monta au colombier sans regarder si le maître y étoit ; il se préparoit à satisfaire ses desirs, mais le maître ne vit pas plûtôt le chat entré, qu'il ferma la porte & les endroits par où il pourroit sortir, il fit si bien qu'il l'attrapa & le pendit dans un coin du colombier. Le maître du chat passa par hazard par là, & quand il vit son chat pendu : Ah ! malheureux gourmand, lui dit-il, si tu t'étois contenté de ton petit ordinaire, tu ne serois pas maintenant en cet état. Voilà comme les gens insatiables causent leur propre mort. Outre cela les biens de ce monde n'ont point de constance. Les Sages disent qu'il y a six choses dont il ne faut point esperer de fidelité. 1. D'une nuée, car elle se dissipe en un instant. 2. D'une feinte amitié, parce qu'elle passe comme un éclair. 3. De l'amour d'une femme, parce qu'elle change pour une bagatelle. 4. De la beauté, car la moindre injure du temps, une disgrace ou une maladie la détruit. 5. Des fausses louanges, car ce n'est que de la fumée. 6. Des biens de ce monde, puisque tout finit tôt ou tard.

Les gens d'esprit, continua le rat, ne s'attachent jamais à la recherche de toutes ces choses vaines; il n'y a que l'acquisition d'un véritable ami qui les puissent tenter. Le corbeau prenant la parole, dit : Il est vrai qu'il n'est rien de comparable à une amitié parfaite & réciproque, je prétens vous le prouver par le récit de cette histoire.

# LES
# DEUX AMIS.
## CONTE.

UN homme entendit fraper
à sa porte à une heure in-
due, il demanda qui c'étoit, &
quand il sçut que c'étoit un de
ses meilleurs amis, il se leva &
s'habilla, ensuite commandant
à une jeune esclave fort jolie
d'allumer de la chandelle & de
le suivre, il l'alla trouver. Cher
ami, lui dit-il, en l'abordant,
je ne puis vous voir ici si tard,
sans m'imaginer que vous venez
ici pour m'emprunter de l'argent, pour me prier de vous servir de second, ou pour chercher

une compagnie qui vous diver-
tiſſe. J'ai pourvû à ces trois choſes, pourſuivit-il, ſi vous avez
beſoin d'argent voilà ma bourſe;
ſi vous avez des ennemis je vous
offre mon bras & mon épée, &
ſi c'eſt l'amour qui vous met en
campagne, voilà une eſclave
qui eſt aſſez agreable pour vous
donner la ſatisfaction que vous
deſirez : en un mot, tout ce qui
dépend de moi eſt à votre ſervice. Je ne ſouhaite rien moins que
tout cela, répondit ſon ami : je
venois ſeulement voir l'état de
votre ſanté, parce que je craignois que le mauvais ſonge que
je viens de faire ne fût veritable.

Pendant que le corbeau racon-
toit cette fable, ils virent de loin
une gazelle ou chevreuil de
montagne, qui venoit à eux avec
une vîteſſe incroyable, ils cru-

rent qu'elle étoit poursuivie,
c'est pourquoi ils se séparerent;
la tortue se glissa dans l'eau, le
rat se fourra dans un trou, & le
corbeau se cacha parmi les branches d'un arbre fort élevé. La
gazelle s'arrêta tout court au
bord de la fontaine, & le corbeau qui regardoit de tous côtez, n'appercevant personne, appella la tortue, qui parut d'abord
sur l'eau. Comme la gazelle sembloit n'oser boire, la tortue lui
dit, buvez hardiment, l'eau est
fort nette : Apprenez - moi, je
vous prie, pourquoi vous êtes si
échauffée, c'est, répondit la gazelle, que je viens de me sauver
des mains d'un chasseur qui m'a
bien persécutée. Ne vous éloignez pas d'ici, reprit la tortue,
& soyez de nos amies, notre commerce vous sera de quelqu'utilité

Les Sages difent que le nombre d'amis diminuent les peines, & quand on a mille amis, il ne les faut conter que pour un, & au contraire, lorfque l'on a un ennemi il le faut compter pour mille, tant il eft dangereux d'avoir un ennemi. Enfuite de ce difcours, le corbeau & le rat s'approcherent de la gazelle, & lui firent mille honnêretez. Elle en fut fi penetrée, qu'elle promit de demeurer avec eux toute fa vie. Ainfi ces quatre amis paffoient le temps fort agréablement enfemble, mais un jour que le corbeau, le rat & la tortue s'étoient affemblez à leur ordinaire, la gazelle ne s'y trouva pas, ce qui les mit fort en peine, ne fçachant quel accident lui pouvoir être arrivé. Le corbeau s'éleva en l'air, pour

voir s'il ne la découvriroit point,
& comme il regardoit de toutes
parts, il l'apperçut de loin enga-
gée dans un filet qu'un chasseur
lui avoit tendu, cette nouvelle
les affligea extrêmement tous
trois. Il faut songer, dit la tortue, à tirer la gazelle du peril
où elle est. Le corbeau prit la
parole, & dit au rat: Il n'y a
que vous qui puissiez délivrer
notre bonne amie. Il faut promptement l'aller dégager, de peur
que le chasseur ne mette la main
dessus. Je ferai mes efforts pour
la délivrer, répondit le rat. Allons, ne perdons point de temps.
Aussi-tôt le corbeau prit Zirac,
& vola vers la gazelle. Etant
arrivez là, le rat commença de
ronger les liens qui tenoient les
pieds de la gazelle, & dans le
même moment arriva la tortue ;

dès que la gazelle l'apperçut,
elle fit un grand cri : Pourquoi,
lui dit-elle, vous êtes vous ha-
zardée à venir ici. Comment,
répondit la tortue, vouliez-vous
que je foutinffe davantage une
abfence qui m'étoit infupporta-
ble? O ma chere amie, repliqua
la gazelle, votre arrivée en ce
lieu me met plus en peine que
je ne l'étois de ma liberté! car
fi le chaffeur arrivoit maintenant, comment feriez-vous pour
vous fauver? Pour moi, je fuis
déja prefque déliée, & mon agi-
lité me délivreroit du danger de
tomber entre fes mains. Les autres trouveroient leur falut dans
la fuite; vous feule ne pouvant
courir, deviendriez la proye du
chaffeur. A peine la gazelle a-
voit prononcé ces paroles, qu'on
vit paroître le chaffeur. La ga-

zelle qui étoit détachée gagna
pays, le corbeau s'envola, le rat
se retira dans un trou, & la
pauvre tortue demeura là. Quand
le chasseur arriva, il fut très-
fâché de voir son filet rompu. Il
regarda de tous côtez pour voir
s'il ne verroit rien, il apperçut
la tortue. Bon, dit-il, je ne m'en
retournerai pas les mains vuides,
il faut que j'emporte cette tortue, c'est toûjours quelque chose. Il la prit & la mit dans son
sac, puis la jettant sur son épau-
le, il s'en alla. Quand il fut parti, les trois amis se rassemblerent, & ne voyant plus la tortue, ils jugerent de sa disgrace.
Alors ils formerent les plaintes
du monde les plus touchantes,
& verserent un torrent de larmes. A la fin le corbeau interrompit cette triste harmonie, en
disant:

difant : mes amis, nos regrets
ne foulagent point la tortue, il
faut fonger à la fauver. Les
grands difent que quatre fortes
de perfonnes ne font connues
que dans quatre fortes d'occa-
fions ; les hommes courageux
dans les combats ; les gens de
probité, lorfque l'on traite de
quelques affaires où il s'agit de
donner fa parole ; l'amitié d'une
femme, quand il arrive quelque
malheur à fon mari ; & enfin,
le veritable ami dans une extrême neceffité. Nous voyons notre
chere tortue dans un trifte état,
il la faut fecourir. Il me vient
dans l'efprit un bon expedient,
dit le rat, il faut que la gazelle
aille fe préfenter devant le chaffeur, qui, dès qu'il l'a verra, ne
manquera pas de mettre fon fac
par terre, dans le deffein de la

prendre. C'eſt bien aviſé, dit la
gazelle, je ferai la boiteuſe, &
m'éloignerai de lui peu à peu ;
en me ſuìvant il s'éloignera de
ſon ſac, ce qui donnera le temps
au rat de mettre en liberté notre bonne amie. Ce ſtratagême
fut approuvé ; la gazelle paſſa
devant le chaſſeur foible & boiteuſe ; mon galant crut la tenir,
& mettant ſon ſac à terre, il courut de toutes ſes forces après la
gazelle, qui s'éloignoit à meſure
qu'il la pourſuivoit, cependant
le rat voyant le chaſſeur bien
loin, s'approcha du ſac & ron-
gea le lien qui le tenoit fermé ;
la tortue en ſortit & ſe cacha
dans un buiſſon : à la fin le
chaſſeur s'étant laſſé de courir
inutilement après ſa proye, revint à ſon ſac, & n'y trouvant
plus la tortue, il en fut fort

étonné, il crut qu'il étoit dans la région des luthins & des esprits, voyant tantôt une gazelle se délivrer de ses filets, & tantôt se présenter devant lui en faisant la boiteuse, & enfin la tortue, qui est un animal sans force, rompre le lien du sac & se sauver. Toutes ces considerations frapperent son esprit d'une telle frayeur, qu'il s'enfuit de toute sa force, pensant avoir des folets à ses trousses. Après cela les quatre amis se rassemblerent, se firent de nouvelles protestations d'amitié, & jurerent de ne se séparer jamais les uns des autres qu'à la mort.

# CHAPITRE IV.

*Comme il faut toûjours se mé-*
*fier de ses ennemis, & sça-*
*voir parfaitement ce qui se*
*passe chez eux.*

VENONS présentement,
dit Dabchelim, au qua-
triéme chapitre, qui est qu'un
homme d'esprit ne doit jamais
esperer d'amitié. Enseignez-moi,
ajoûta t-il, de quelle maniere il
faut éviter leur trahison. On
doit, répondit le Bramine, se
défier des ennemis, quand ils témoignent de l'amitié, c'est pour
mieux cacher leurs mauvais desseins ; & quiconque aura de la
confiance en son ennemi, sera
trompé comme le hibou, dont

je vais conter la fable à votre
Majesté.

❧❧❧❧❧❧❧ : ❧❧❧❧❧❧❧

# LES CORBEAUX

## ET

# LES HIBOUX.

### FABLE.

DANS une province de la
Chine, il y a une monta-
gne dont le sommet se perd dans
les nues ; il y avoit au dessus un
arbre dont les branches sem-
bloient aller jusqu'au ciel ; elles
étoient toutes chargées de nids
de corbeaux, qui obeïssoient
tous à un Roy nommé Birouz.
Une nuit le Roy des hiboux qui
s'appelloit Chababang, c'est-à-
dire, Marche-nuit, vint à la

tête de son armée ravager la demeure des corbeaux, contre lesquels une vieille haine les animoit. Le lendemain Birouz assembla son conseil, pour déliberer sur les moyens dont ils se serviroient pour se mettre à couvert des insultes des hiboux. Cinq des plus habiles de sa cour ayant appris les intentions de sa Majesté, dirent leurs avis : Grand Monarque, dit le premier, nous ne pouvons rien imaginer que votre Majesté n'ait déja pensé auparavant nous ; neanmoins puisque vous souhaitez que nous vous disions l'un après l'autre ce que nous jugeons à propos de faire pour nous venger des hiboux, nous devons vous obeir. Je vous dirai donc, Sire, que les Politiques ont toûjours tenu pour maxime, qu'il

ne faut point attaquer un ennemi plus fort que soi, autrement
c'est bâtir sur le passage d'un
torrent. Le Roy se tournant du
côté du second, lui ordonna de
parler : Sire, dit le Vizir second, la fuite ne convient qu'aux
ames basses & timides ; il est plus
à propos de prendre les armes,
& d'aller venger l'affront que
nous avons reçu. Un Roy n'est
jamais en repos qu'il n'ait porté
la terreur dans le pays & dans
l'ame de son ennemi. Le troisiéme Vizir dit ensuite son opinion.
Je ne blâme point, dit-il, le
conseil de mes camarades, mais
aussi je ne l'approuve pas. Je suis
d'avis d'envoyer des espions pour
connoître l'état & la force de
l'ennemi, & sur leurs rapports
nous ferons la guerre ou la paix,
c'est le moyen de vivre en re-

pos. Un Roy doit toûjours travailler à conserver la paix dans
son Royaume, tant pour le repos de son esprit, que pour le
soulagement de ses sujets. Il ne
doit jamais déclarer la guerre
qu'à ceux qui troublent la paix,
& quand l'ennemi qu'il veut
combattre est trop fort, il faut
avoir recours aux artifices, & se
servir de toutes les occasions qui
se présentent de leur nuire par
finesse. Le quatriéme prenant la
parole, représenta au Roy qu'il
valoit mieux quitter le pays, que
de s'exposer à perdre la réputation de leurs armes qui avoient
toûjours eu l'avantage sur leurs
ennemis. Que ce seroit une démarche trop honteuse aux corbeaux d'aller faire une soumis-
sion aux hiboux, qui jusqu'alors
leur avoient été soumis ; qu'il
falloit

falloit tâcher de pénetrer leurs
desseins, & se résoudre plûtôt à
combattre, qu'à subir un joug
ignominieux, puisqu'enfin la perte de la vie étoit moins considera-
rable que celle de la réputation.
Le Roy qui après avoir oui ces
quatre Visirs, fit signe au cin-
quiéme de parler à son tour : Ce
Vizir se nommoit Carchenas,
c'est-à-dire, Intelligent. Le Roy
qui avoit confiance particuliere
en lui, le pria de dire avec sincerité ce qu'il jugeoit à propos
que l'on fît en cette affaire ; dé-
clarerons nous la guerre, ajoûta
le Roy ; proposerons-nous la paix
ou bien abandonnerons-nous ce
climat ? Sire, répondit Carchenas, puisque vous m'ordonnez
de parler avec franchise, il me
semble que nous ne devons pas
attaquer les hiboux, parce qu'ils

font en plus grand nombre que
nous ; il faut ufer de prudence,
cette vertu a fouvent plus de part
aux grands fuccés que la force
& les richeffes ; que votre Majefté avant que de prendre fa
derniere réfolution confulte encore fes Miniftres, leurs confeils
pourront vous aider à faire réuf-
fir vos deffeins ; les fleuves ne
fe groffiffent que par les ruif-
feaux. Pour moi, je n'aime ni
la guerre ni les troubles, mais
je ne puis fouffrir qu'on ait la
lâcheté de faire des foumiffions.
Les gens d'honneur ne doivent
defirer une longue vie, que pour
laiffer à la pofterité des exemples de vertus dignes d'admiration. Nous ne devons même
prendre foin de nos jours, que
pour les expofer dans les occa-
fions où l'honneur nous appelle ;

il faudroit mieux n'avoir jamais
été , que d'avoir mené une vie
obscure. Ainsi je ne conseille pas
à votre Majesté de faire voir de
la timidité dans cette conjoncture ; mais vous devez prendre un
parti devant moins de monde ,
afin que les ennemis ne puissent
sçavoir vos desseins.

Un des autres Ministres interrompit en cet endroit Carchenas, & lui dit : A quoi pensez-
vous ? Pourquoi se tiennent les
conseils , si ce n'est pour déliberer entre plusieurs des affaires
importantes , & pourquoi voulez-vous qu'une déliberation
de cette consequence se fasse
dans un cabinet où il n'y aura personne ? Les affaires des
Rois , dit Carchenas , ne sont
pas celles des Marchands , qui
se communiquent à toute la so-

cieté ; les fecrets des Princes ne
peuvent être découverts que par
leurs confeillers ou leurs ambaf-
fadeurs. Que fçavez-vous s'il n'y
a point ici des efpions qui nous
écoutent, pour rapporter ce que
nous réfoudrons à nos ennemis ,
qui fur leur rapport ou prévien-
dront nos entreprifes , ou du
moins les déconcerteront ? Les
Sages difent : Si vous voulez
avoir un fecret, tenez le fecret ;
autrement vous vous mettez au
hazard d'être trahi comme le
Roy Quechmir. Birouz qui é-
toit fort curieux , obligea Carchenas de lui raconter cette a-
vanture.

# LE ROY
## ET
## SA MAITRESSE.
### CONTE.

DANS la ville de Quechmir regnoit autrefois un Roy, qui étoit aussi juste que puissant. Ce Prince avoit une maîtresse qui étoit si belle, que tous ceux qui la voyoient, ne pouvoient se défendre de l'aimer. Le Roy en étoit tellement épris, qu'il la vouloit voir incessamment; mais il s'en falloit beaucoup qu'elle aimât autant le Roy qu'elle en étoit aimée. L'attachement de ce Prince flattoit sa vanité, sans toucher son goût; & comme le

Dd iij

cœur toutesfois est fait pour aimer ; elle se laissa prévenir d'une
violente passion pour un page
qui étoit admirablement beau &
bien fait. Elle lui apprit bien tôt
par ses regards ce qu'elle sentoit
pour lui , & le page lui fit connoître par les siens qu'elle ne
pouvoit s'adresser à un homme
plus disposé à profiter d'une si
bonne fortune ; enfin il ne leur
manquoit qu'une occasion de se
parler en particulier , pour satisfaire des desirs que les obstacles
irritoient. Un jour que le Roy
étoit assis auprès de sa maîtresse
& qu'il la regardoit avec un extrême plaisir ; le page qui étoit
debout dans la même chambre ,
de moment en moment jettoit
les yeux sur cette charmante
personne , & de son côté elle at-
tachoit sur lui les siens d'un air

ſi paſſionné, que le Roy s'en apperçut. Il ne comprit que trop
ce langage muet, & il en eut
tant de dèpit & de jalouſie, qu'il
réſolut de les faire mourir tous
deux ; il diſſimula toutesfois ſon
deſſein, parce qu'il ne vouloit
pas agir avec précipitation ; il ſe
retira dans ſon appartement, où
il paſſa la nuit dans une rêverie
fort déſagreable. Le matin il alla donner audience à ſon peuple, & après avoir donné à ſes
ſujets la ſatisfaction qu'ils demandoient, il entra dans ſon
cabinet : il fit venir ſon Vizir,
& lui découvrit le deſſein qu'il
avoit de faire empoiſonner ſa
maîtreſſe & le page. Le Vizir en
ayant appris les raiſons, les ap-
prouva, promit de garder le ſecret, & puis ſe retira chez lui.
Il trouva ſa fille dans une grande

trifteffe, il lui en demanda la
caufe : Mon pere , lui répondit
la fille, la maîtreffe du Roy m'a
maltraitée fans raifon , cela me
fâche, & fi je ne m'en venge
point , je vous affure que ce n'eft
pas manque de bonne volonté.
Confolez - vous ma fille , dit le
Vizir , vous en ferez bien - tôt
délivrée.

Comme les femmes font cu-
rieufes , la fille preffa tant fon
pere de lui apprendre de quelle
maniere elle feroit vengée de fon
ennemie , qu'il fut affez foible
pour lui réveler les deffeins du
Roy. Elle s'engagea par ferment
de ne le découvrir à perfonne;
mais une heure ou deux après ,
l'eunuque de la maîtreffe du
Roy étant venu voir la fille du
Vizir pour la confoler , il lui dit
qu'il falloit fouffrir les défauts

de son prochain. Bien tôt, inter-
rompit-elle, avec un visage
riant, je ne la craindrai plus. Il
la pressa tellement de s'expli-
quer, qu'elle ne put s'en défendre ; elle lui raconta tout ce que
lui avoit dit son pere, après lui
avoir fait jurer qu'il garderoit
inviolablement le secret : mais
l'eunuque ne l'eut pas plûtôt
quittée, que croyant être plûtôt
obligé de trahir son serment que
de le garder, il alla trouver la
maîtresse du Roy, & lui fit part
de la résolution violente que le
Roy avoit prise contre elle. Il
n'en fallut pas davantage pour
la déterminer à tout tenter pour
prévenir le Roy ; elle envoya
chercher secrettement le page,
avec lequel elle prit de si bonnes mesures, que le lendemain
matin on trouva le Roy mort
dans son lit.

Vous voyez par cette histoire,
continua Carchenas, que les
Rois ne doivent découvrir leurs
secrets qu'à des gens dont ils ont
éprouvé la discretion & la fidelité. Mais quels secrets encore,
dit Birouz, importe-t-il plus de
cacher? Sire, répondit Carchenas, il y en a de telle nature,
que les Rois ne les doivent confier qu'à eux-mêmes; c'est-à-dire, les tenir si cachez, que personne ne les puisse découvrir. Il
y en a d'autres qu'ils peuvent
communiquer aux Ministres fideles, & sur lesquels ils doivent
les consulter. Birouz trouvant
ce que disoit Carchenas fort judicieux, s'enferma dans son cabinet avec lui, & devant que de
parler de l'affaire dont il s'agissoit, il le pria de lui dire la funeste origine de la haine des cor-

beaux & des hiboux. Sire, dit
Carchenas, une seule parole a
produit cette inimitié, dont nous
venons d'éprouver de cruels
effets.

***

# L'ORIGINE

## De la haine des Corbeaux & des Hiboux.

### FABLE.

UN jour une troupe d'oi-
seaux s'assembla pour se
choisir un Roy. Chaque espece
prétendoit à la couronne. Enfin
il y en eut plusieurs qui donnerent leur voix aux hiboux ; mais
les autres ne voulant pas obéir à
un si laid animal rompirent l'assemblée, & se jetterent les uns
sur les autres avec tant de furie,

qu'il y en eut quelques-uns de
tuez. Le combat auroit duré plus
longtemps, si pour le faire cesser
un oiseau ne se fût avisé de crier
aux combattans qu'ils s'arrêtas-
sent & qu'il voyoit venir un corbeau qu'il falloit prendre pour
juge. Tous les oiseaux y consen-
tirent unanimement, & quand
le corbeau fut arrivé, & qu'il
eut appris le sujet de la querelle, il leur parla de cette sorte : Etes-vous fous, messieurs,
de vouloir prendre pour votre
Roy, un oiseau qui traîne avec
lui tous les malheurs ensemble.
Voulez-vous mettre une mou-
che à la place d'un griffon ? Que
ne choisissez-vous plûtôt un
faucon, qui a du courage & de
l'adresse, ou bien un paon, dont
le port est si majestueux ? Pourquoi n'élevez-vous pas plûtôt sur

le trône une aigle, dont l'ombre
est si heureuse, qu'elle fait les
Rois; ou enfin un griffon, qui
par le seul bruit de ses aîles fait
trembler les montagnes? Quand
ces oiseaux que je viens de nom-
mer ne seroient pas au monde,
il vaudroit encore mieux vivre
sans Roy, que de vous rendre
sujet d'un animal si affreux que
le hibou; car outre qu'il a la
mine d'un chat, il n'a point
d'esprit, & ce qui est insurmon-
table, c'est que malgré sa mau-
vaise mine il est orgueilleux, &
enfin, ce qui le doit rendre méprisable à vos yeux, c'est qu'il
hait la lumiere de ce beau corps
qui anime toute la nature. Quittez donc, messieurs, un dessein
qui vous est si préjudiciable,
procedez à l'élection d'un Roy,
& ne faites rien dont vous puis-

fiez vous repentir. Choififfez un
Roy qui vous gouverne avec
douceur , & qui vous foulage
dans vos befoins. Souvenez-vous
de ce lapin , qui fe difant am-
baffadeur de la lune, chaffa les
élephans de fa patrie.

***

# LES ELEPHANS
## ET
# LES LAPINS.

### *FABLE.*

**I**L arriva une année de feche-
reffe dans le pays des élephans aux Ifles de Bad , c'eft-à-
dire Vent ; de maniere qu'étant
preffez par la foif , & ne pouvant trouver de l'eau , ils s'a-
drefferent à leur Roy , pour l'a-

vertir d'y mettre ordre s'il ne les
vouloit voir tous périr. Le Roy
commanda auffi-tôt de chercher
par tout, & enfin on découvrit
une fource d'eau vive, à qui les
anciens avoient donné le nom de
Chafchmamah ; c'eft-à-dire,
fontaine de la lune. Le Roy vint
fe camper avec toute fon armée
auprès de cette fontaine. La vûe
des élephans mit au defefpoir un
grand nombre de lapins, qui a-
voient là leur garenne, parce
que les élephans à chaque pas
qu'ils faifoient, écrafoient quelques lapins.

Un jour les lapins s'affemble-
rent & allerent trouver leur
Roy, & le fupplierent de les délivrer de cette oppreffion. Je fçai
bien, leur répondit le Roy, que
je ne fuis fur le trône que pour
le bien & le foulagement de mes

ſujets ; mais vous me demandez
une choſe qui paſſe mes forces,
neanmoins ſongez à quelqu'expedient entre vous autres, &
j'employerai tout mon pouvoir
pour le faire réuſſir. Un lapin
ruſé voyant le Roy embarraſſé &
fort touché de la peine dans laquelle il voyoit ſon peuple, s'a-
vança & dit : Sire, votre Majeſté agit en Roy juſte, quand le
ſoin de notre repos vous inquie-
te, & lorſque vous nous donnez
la liberté de dire nos avis, cela
m'inſpire la hardieſſe de vous
faire part d'une invention qui
me vient dans la tête, pour
chaſſer de ce pays les éléphans.
Sire, pourſuivit-il, permettez
que j'aille trouver le Roy des
éléphans en qualité d'ambaſſadeur, & je conſens que vous me
donniez quelqu'un qui m'accompagne,

pagne, & qui vous puiſſe raconter tout ce qui ſe paſſera. Non,
lui répondit obligeamment le
Roy, je ne veux pas que perſonne remarque vos actions, car
je vous crois fidelle, allez ſeulement, au nom de Dieu, & faites tout ce que vous jugerez à
propos, ſouvenez - vous ſeulement qu'un ambaſſadeur eſt la
langue d'un Roy; il faut que
tous ſes diſcours ſoient peſez, &
ſes paroles auſſi nobles que ſon
maintien qui repréſente la perſonne de ſon maître; on doit
choiſir pour ambaſſadeurs les
plus ſçavans hommes de l'Etat.
J'ai oui dire, qu'un des plus
grands Monarques du monde ſe
déguiſoit ſouvent, & ſe faiſoit
ſon propre ambaſſadeur. Pour
remplir dignement ce caractere,
voici les qualitez qu'il faut avoir:

*Tome II.* E e

de la fermeté, de l'éloquence,
& des lumieres d'une étendue
infinie, un efprit violent n'eſt
pas propre pour cet emploi. Plufieurs ambaſſadeurs par une parole rude, ont excité des troubles dans le Royaume, & d'autres par une parole douce & a-
greable, ont réuni d'irréconci-
liables ennemis. Sire, dit le lapin, fi je ne fuis pas doué de
toutes les qualitez dont votre
Majeſté vient de parler, je tâcherai du moins de les affecter.
Ayant dit cela, il prit congé du
Roy, & alla vers les élephans;
mais avant que d'y arriver, il
penfa que s'il fe mêloit parmi
eux, il pourroit bien en être é-
crafé comme fes camarades;
c'eſt pourquoi il monta fur une
butte d'où il appellla le Roy des
élephans, qui n'étoit pas loin de

là. Je suis, lui dit-il, ambassa-
deur de la lune, écoutez ce que
j'ai à vous dire de sa part ; vou
sçavez que la lune est une Déesse
dont le pouvoir n'est point limité
& qu'elle hait sur tout le men-
songe. Le Roy des élephans eut
grande peur en l'entendant parler de la sorte, & lui dit d'exposer le sujet de son ambassade. La
lune, reprit le lapin, m'envoye
ici pour vous dire que quiconque s'orgueillit de sa grandeur,
& méprise les petits, mérite la
mort. Vous ne vous êtes point
contenté d'opprimer les petits,
vous avez eu la témerité de troubler une fontaine consacrée à la
lune, où tout est pur : Je vous
avertis de vous en corriger, autrement vous serez infaillible-
ment punis. Si vous n'ajoûtez
pas foi à mes paroles, venez voir

la lune dans la fontaine, & puis
retirez-vous. Le Roy des élephans demeura fort étonné de ce
discours, & alla auſſi-tôt à la
fontaine, dans laquelle il vit effectivement la lune, à cauſe que
l'eau étoit fort claire, le lapin
dit à l'éléphant : Prenez de l'eau
pour vous laver, & faites votre
adoration ; l'éléphant en prit,
mais il troubla l'eau de maniere
que la lune diſparut. O méchant,
dit alors le lapin, vous vous êtes
approché avec trop peu de reſpect, de la fontaine, ce qui eſt
cauſe que la Déeſſe eſt irritée :
Retirez-vous promptement d'ici
avec toute votre armée, de peur
qu'il ne vous arrive quelque
malheur. Le Roy des éléphans
fut effrayé de cette menace, &
commanda en tremblant à toute
ſon armée de ſe retirer, ce qu'elle

fit, ainſi les lapins furent déli-
vrez de leurs ennemis par l'a-
dreſſe d'un de leurs compagnons.

Je n'ai cité cet exemple que
pour vous montrer qu'il faut que
vous faſſiez choix d'un Roy prudent & habile, qui vous aſſiſte
dans vos adverſitez, & non pas
d'un hibou qui n'a ni valeur ni
eſprit. Il n'a ſeulement que de la
malice qui vous ſera funeſte,
comme le fut un chat à la perdrix, qui le pria de juger un
differend qu'elle avoit avec un
autre oiſeau.

# LE CHAT
## ET
## LA PERDRIX.
### FABLE.

IL y quelque temps, continua le corbeau que j'avois fait mon nid sur un arbre, auprès duquel il y avoit une perdrix de belle taille & de bonne humeur. Nous liâmes un commerce d'amitié, & nous nous entretenions souvent ensemble. Elle s'absenta je ne sçai pour quel sujet, & demeura si longtemps sans paroître, que je la croyois morte ; neanmoins elle revint, & trouva sa maison occupée par un autre oiseau : elle le voulut mettre dehors, mais il refufa de fortir, difant que fa poffeffion étoit jufte. La perdrix de fon côté prétendoit rentrer dans fon bien, & tenoit cette poffeffion de nulle valeur. Je m'employrai inutilement à les accorder. A la fin la perdrix dit : Il y a ici prés un chat trés-dévot ; il jeûne tous les jours, ne fait mal à perfonne, & paffe toute les nuits en prieres ; nous ne fçaurions trouver un juge plus équitable ; l'autre oifeau y confentit ; ils allerent tous deux trouver ce chat de bien. La curiofité de le voir m'obligea de les fuivre. En entrant je vis un chat debout très attentif à une longue priere, fans fe tourner de côté ni d'autre, ce qui me fit fouvenir de ce vieux Proverbe : *Que la longue oraifon devant le monde, eft la clef de l'enfer.*

J'admirai cette hypocrisie , &
j'eus la patience d'attendre que
ce venerable vieillard eût fini sa
priere. Aprés cela la perdix & sa
partie s'approcherent de lui fort
respectueusement , & le supplie-
rent d'écouter leur differend, &
de les juger suivant sa justice
ordinaire. Le chat faisant le
sourd écouta le plaidoyer de l'oiseau, puis s'adressant à la perdrix : Belle fille ma mie , lui dit-
il , je suis vieux & n'entend pas
de loin ; approchez-vous & haus-
sez votre voix , afin que je ne
perde pas un mot de tout ce que
vous me direz. La perdrix &
l'autre oiseau s'approcherent
aussi-tot avec confiance le voyant
si dévot , mais il se jetta sur eux
& les mangea l'un & l'autre.

Vous voyez par cet exemple
qu'il ne faut jamais se fier aux
trompeurs ,

trompeurs , & par conſequent
défiez-vous du hibou, qui ne
vaut pas mieux que le chat dont
je viens de parler. Les oiſeaux
perſuadez que le corbeau avoit
raiſon ne ſongerent plus au hibou, qui ſe retira méditant de
ſe venger du corbeau, pour lequel il conçut une haine que le
temps n'a fait depuis que fortifier de plus en plus.

Voilà, Siré, pourſuivit Carchenas, la cauſe de cette inimitié entre nous & les hiboux. Venons préſentement, dit le Roy
des corbeaux, aux meſures que
nous devons prendre pour répa-
rer l'affront que j'ai reçu. Carchenas reprit ainſi la parole : Siré, je ne ſuis point de l'avis de
vos autres Vizirs, qui veulent
la guerre, la fuite, ou une hon-
teuſe paix. Il faut ſuivre cette

Maxime : Quand la force nous
manque, on doit avoir recours
aux artifices, & tromper l'ennemi, en lui suppofant une chofe
pour une autre, comme vous l'allez voir par cet exemple.

# LE DERVICHE
## ET
## LES VOLEURS.
### CONTE.

UN Derviche avoit acheté
un mouton gras, dans le
deffein d'en faire un facrifice. Il
l'avoit lié d'une corde & le tiroit
vers fon monaftere. Quatre voleurs qui l'apperçurent, eurent
envie d'avoir ce mouton, mais
ils n'oferent le lui ôter par force,

à cause qu'ils étoient trop près de la ville, ils se servirent de ce stratagême : Ils se séparerent, & comme s'ils fussent venus de divers endroits, ils aborderent l'un après l'autre le Derviche, qu'ils connoissoient pour un innocent. Le premier lui dit : Bon homme, où menez-vous ce chien ? Le second venant d'un autre côté, lui cria, Venerable vieillard, où avez-vous pris ce chien; & enfin le troisiéme aïant demandé au Derviche s'il vouloit aller à la chasse avec ce beau chien, déja le pauvre moine commençoit à douter que le mouton qu'il menoit fût un mouton, lorsque le quatriéme voleur acheva de lui troubler l'esprit, en lui disant, combien avez-vous acheté ce chien ? Le Derviche ne pouvant s'imaginer que

quatre perfonnes qui paroiſſoient
venir de differens lieux, ſe trom-
paſſent, il crut que le marchand
qui lui avoit vendu ce mouton
étoit un ſorcier, qui lui avoit
faſciné la vue ; de maniere que
refuſant d'ajoûter foi au rapport
de ſes yeux, il demeura perſua-
dé que le mouton étoit un chien ;
& retournant ſur ſes pas, pour
obliger le marchand à lui rendre
ſon argent, il laiſſa le mouton que
les voleurs emmenerent.

Sire, dit Carchenas, votre
Majeſté voit par cette avanture
que ce qui paroît ne pouvoir être
executé par la force, le peut
être par adreſſe. Mais, interrompit le Roy, quelle invention
trouverons-nous pour nous venger des hiboux ? Que votre Majeſté, reprit Carchenas, ſe re-
poſe ſur moi du ſoin de ſa ven-

geance. Commandez feulement
que l'on m'arrache toutes les plumes, & qu'on me laiffe tout fanglant fur cet arbre. Ce ne fut
pas fans peine que le Roy Birouz
donna un ordre qui lui fembla fi
cruel ; cependant il le donna, &
il alla avec fon armée attendre
Carchenas dans le lieu que cet
affectionné Vizir lui avoit mar-
qué.

Cependant la nuit vint, & les
hiboux fiers de la victoire qu'ils
avoient remporté la nuit préce-
dente, revinrent pour rachever
la deftruction de l'odieufe efpece
des corbeaux ; mais qu'ils furent
étonnez, lorfqu'ils ne trouvérent
point d'ennemi qu'ils venoient
furprendre. Ils le cherchoient
inutilement de tous côtez, lorfqu'ils entendirent une voix
plaintive ; c'étoit Carchenas qui

se plaignoit au pied d'un arbre.
Le Roy des hiboux s'approcha
de lui, & lui demanda de quelle
naiſſance il étoit, & quel rang
il tenoit à la cour de Birouz.
Carchenas ayant ſatisfait à toutes ſes demandes : J'ai bien entendu parler de vous, lui répondit le Roy des hiboux ; mais
dites-moi où ſont les corbeaux ?
Helas, dit Carchenas, l'état où
je ſuis vous fait aſſez connoître
que je ne puis vous l'apprendre !
Quel crime, reprit Chabahang
avez-vous commis, pour être
dans un état ſi déplorable ? Les
méchans corbeaux, repartit Carchenas, ſur un leger ſoupçon,
m'ont traité de la ſorte. Après la
défaite de notre armée, pourſuivit-il, le Roy Birouz aſſembla
ſon conſeil, pour trouver les
moyens de ſe venger d'un ſi ſan-

glant affront. Après avoir ouï
les differens avis de quelques-
uns des Vizirs, il m'ordonna de
dire le mien : Je lui repréfentai
avec trop de franchife, que vous
étiez non-feulement fuperieur en
nombre, mais encore plus ague-
ris & plus vaillans que nous, &
par confequent qu'il falloit demander la paix, & l'accepter à
quelques conditions que vous
nous la voulufïiez accorder. Le
Roy fe mit en colere contre moi,
& me dit : Traître, en mépri-
fant ainfi mes forces, me veux-
tu faire craindre mes ennemis ?
& puis s'imaginant que je médi-
tois de me venir rendre à vous,
il ordonna qu'on me mît dans
l'état où vous me voyez.

Après que Carchenas eut a-
chevé ce difcours, le Roy des
hiboux demanda à fon premier

Vizir ce qu'il falloit faire de
Carchenas ? Il faut, répondit le
Vizir, le délivrer de ses peines
en lui ôtant la vie, & ne se point
fier à ses paroles, qui peuvent
être perfides. D'ailleurs, Sire,
souvenez-vous de ce vieux Proverbe : *Plus de morts moins d'en-*
*nemis.* Carchenas répondit triste-
ment à ce conseil, qui n'étoit
mauvais que pour lui : Vizir,
mon mal me tourmente assez, je
vous prie de ne point augmenter par ces menaces. Le Roy des
hiboux qui se sentoit pour Carchenas quelque pitié, s'adressa
au second Vizir, & lui dit de
parler. Ce Vizir ne fut pas de
l'avis du premier. Sire, dit-il au
Roy, je ne conseille point à votre Majesté de faire mourir ce
personnage. Les Rois doivent
assister les foibles, & secourir

ceux qui se jettent entre leurs bras. Outre cela, poursuivit-il, on peut quelquefois se servir utilement de ces ennemis, comme ce marchand dont je vais conter l'histoire à votre Majesté.

# LE MARCHAND,
## SA FEMME
### ET
## LE VOLEUR.
### CONTE.

UN marchand riche, mais laid, & fort désagréable de sa personne, avoit une femme belle & vertueuse ; il l'aimoit passionnément, & elle au contraire le haïssoit, & ne le pouvant souffrir faisoit lit à part.

Une nuit il entra un voleur dans leur chambre; le mari étoit endormi, mais la femme qui ne l'étoit pas apperçut le voleur, & fut saisie d'une telle crainte, qu'elle courut embrasser son mari. Il se réveilla, & fut si transporté de joye de voir ce qu'il aimoit entre ses bras, qu'il s'écria : A qui dois-je un bonheur si rare ? J'en voudrois bien sçavoir l'auteur pour l'en remercier. A peine eut il prononcé ces mots, qu'il vit le voleur. O ! que tu sois le bienvenu, lui dit il, prends tout ce qu'il te plaira je ne sçaurois assez te payer le bon service que tu viens de me rendre.

On voit par cet exemple que nos ennemis nous servent quelquefois à obtenir des choses dont nous avons inutilement recherché la possession avec le secours

de nos amis. Ainfi ce corbeau
pouvant nous être utile, il faut
lui conferver la vie, c'eſt à quoi
je conclus. Le Roy interrogea
le troifiéme Vizir, qui répondit
Sire, non-feulement on ne doit
point faire mourir ce corbeau,
mais il faut même le careffer, &
l'obliger par des bien-faits à nous
rendre quelque fervice important. Les Sages étoient toûjours
d'attirer quelqu'un de leurs ennemis pour s'en fervir contre les
autres, & enfin pour profiter de
leur divifion. La difpute que le
diable eut avec un voleur, fut
caufe qu'ils ne purent ni l'un ni
l'autre nuire à un Derviche
très vertueux. Chabahang aïant
fouhaité d'entendre cette hiftoire, le Vizir la raconta de cette
maniere.

# LE DERVICHE,
## LE VOLEUR
### ET
## LE DIABLE.
### *CONTE.*

AUx environs de Babylone il y avoit autrefois un Derviche, qui vivoit en vrai serviteur de Dieu ; il ne subsistoit que des aumônes qu'il recevoit, & au reste il étoit abandonné à la Providence, sans s'intriguer des choses du monde. Un de ses amis un jour lui envoïa un bœuf gras ; un voleur le voyant conduire, résolut de l'avoir à quelque prix que ce fût. En allant

au couvent, il rencontra le diable déguisé en homme. Il lui
demanda qui il étoit, & où il
alloit; le diable lui répondit, je
fuis le démon qui ai pris la forme que vous voyez, & je vais
à ce monaftere pour tuer le moine qui y demeure, parce que
fon exemple me nuit beaucoup,
en rendant plufieurs méchans,
hommes de bien. Je veux, continua-t-il, l'affaffiner, puifque
jufques ici mes tentations ont
été inutiles. Mais vous, dites-
moi auffi qui vous êtes, & où
vous allez. Je fuis, répondit le
voleur, un infigne larron, & je
vais à ce monaftere comme vous
pour dérober un bœuf gras qui
a été donné au moine que vous
voulez tuer. Je fuis bien aife,
repliqua le diable, que nous
foyons tous deux de la même

humeur, & que nous ayons deffein l'un & l'autre de faire du
mal à ce moine.

Pendant qu'ils s'entretenoient
de la forte, ils arriverent au con-
vent; la nuit étoit déja un peu
avancée; le Derviche avoit fait
fes prieres ordinaires, & s'étoit
couché. Le voleur & le diable
fe préparoient à faire leur coup,
quand le voleur dit en lui-même: Le diable fera crier le moine en le tuant, fi bien que les
voifins viendront aux cris, &
m'empêcheront de dérober le
bœuf. Le démon de fon côté
raifonnoit en lui-même de cette
forte: Si le voleur va pour prendre le bœuf avant que j'aye executé mon deffein, le bruit qu'il
fera en ouvrant la porte, réveil-
lera le moine, qui fe tiendra fur
fes gardes. C'eft pourquoi il dit

au larron : Laiſſe-moi tuer premierement le Derviche, & puis
tu prendras le bœuf à ton aiſe.
Attends plûtôt que je l'aye pris,
répondit le voleur, après cela tu
aſſaſſineras le Derviche. L'un
ne voulant point ceder à l'autre,
ils ſe querellerent & en vinrent
enſuite aux mains. Le voleur ne
ſe ſentant pas le plus fort, ſe mit
à crier au Derviche : Bon homme, voici un démon qui te veut
tuer. Le diable ſe voyant découvert, s'écria : Au voleur, qui
veut dérober le bœuf! Le moine ſe réveillant à ſes cris, appella
ſes voiſins; ce qui obligea le voleur & le diable à prendre la
fuite. Ainſi le moine ſauva ſa
vie & ſon bœuf.

Le premier Vizir ayant oui
conter cette fable, ſe mit en colere, & dit au Roy : Je vois

bien que vous vous laisserez
tromper par ce corbeau , comme
un menuisier se laissa tromper
par sa femme , comme je vais
vous le conter.

# LE MENUISIER

## ET

## SA FEMME.

### CONTE.

SIRE, il y avoit dans la ville
de Sarandib , un Menuisier
parfait en son art , qui possedoit
une femme si belle , que le soleil
sembloit emprunter la clarté de
ses yeux. Elle étoit tellement aimée de son mari , qu'il étoit au
désespoir lorsqu'il étoit obligé
de s'éloigner d'elle. Cette femme
étoit

étoit si artificieuse, qu'elle avoit
trouvé le secret de faire accroire
à son mari qu'elle l'aimoit uni-
quement, quoiqu'elle eût plusieurs galants qu'elle ne rebutoit
point. Elle avoit pour voisin un
jeune homme trés-bien fait, qui
s'en fit aimer, de maniere qu'elle
commença de ne pouvoir plus
souffrir les autres. Ils en devin-
rent si jaloux, qu'ils avertirent
le Menuisier de ce commerce ;
ce bon mari n'en voulut rien
croire sans en être bien assuré ;
& pour apprendre une verité
qu'il craignoit de sçavoir, il fei-
gnit d'avoir un petit voyage à
faire, & prenant quelques provisions, il dit à sa femme, qu'à
la verité le chemin n'étoit pas
long, mais qu'il devoit demeurer deux ou trois jours dans l'endroit où il avoit affaire, ce qui

le fâchoit extrêmement, puisqu'il ne la verroit point pendant
ce temps-là. Sa femme le paya de
la même monnoye, & se plaignit de cette absence, & même
pleura ; mais ce fut plûtôt de
joye que de douleur. Elle ap-
prêta tout ce qui étoit necessaire
pour le départ de son mari ; qui,
pour mieux dissimuler, lui re-
commanda de bien fermer la
porte de peur que les voleurs
durant son absence ne fissent
quelque desordre en sa maison.
Elle promit d'avoir grand soin
de toutes choses, & ne cessoit
point de s'affliger du départ de
son mari ; mais il ne fut pas plûtôt parti, qu'elle fit signe à son
amant de la venir trouver. Il
n'y manqua pas ; mais pendant
qu'ils étoient ensemble, le Menuisier revint au logis, y entra

sans être vu, & se mit dans un coin pour les observer.

Cependant le galand caressoit sa maîtresse, qui recevoit les caresses avec plaisir. Ils souperent, & puis se deshabillerent pour se mettre au lit ; le Menuisier qui n'avoit rien vu jusques là qui pût le convaincre de sa honte, s'approcha doucement pour les prendre sur le fait ; mais sa femme l'ayant remarqué, dit tout bas à son amant de lui demander lequel elle aimoit davantage de lui ou de son mari. Aussi-tôt le galand haussant la voix, lui dit : M'aimez-vous plus que votre mari. Pourquoi, répondit la femme, me faites-vous cette question ? Ne sçavez-vous pas que les femmes quand elles témoignent de l'amitié à quelqu'autre qu'à leur

mari, ce n'eſt que pour contenter leurs plaiſirs, & quand elles
ſont ſatisfaites elles n'y-ſongent
plus. Pour moi, j'idolâtre mon
mari, je l'ai toûjours dans l'eſprit ; & ſelon moi une femme eſt indigne de vivre, ſi elle
n'aime pas ſon mari plus qu'elle
même. Ces paroles conſolerent
en quelque ſorte le Menuiſier,
qui ſe reprocha la mauvaiſe opinion qu'il avoit eu de ſa femme.
La faute qu'elle commet à préſent, dit-il en lui-même, doit
être imputée à mon abſence &
à la fragilité du ſexe. La perſonne du monde la plus chaſte,
peche d'effet ou de volonté ;
ainſi puiſqu'elle m'aime tant, je
lui pardonne ſon crime, & ne
veux pas lui ravir un moment de
plaiſir. Ce débonnaire époux,
après avoir fait ſes réflexions,

se retira dans un coin, & leur laissa passer la nuit à leur aise.

Le galand étant sorti de grand matin, la femme demeura dans le lit, faisant l'endormie; le mari alors s'approcha d'elle, & se mit à la caresser. Elle ouvrit les yeux, & faisant l'étonnée, elle dit à son mari: Eh mon cœur, depuis quand êtes-vous de retour? d'hier au soir, répondit le Menuisier; mais je n'ai point voulu faire de mal à ce jeune homme qui a couché avec vous, parce que vous songiez à moi, pendant que vous receviez ses caresses, que vous n'auriez pas reçues, si vous ne m'aviez cru absent. La femme à ces paroles favorables lui demanda pardon, & le contenta de mensonges & de fausses marques de tendresse.

Cet exemple vous montre qu'il
ne faut pas se laisser gagner par
de belles parolles ; les ennemis
quand ils ne peuvent parvenir à
leurs desseins par la force, ont recours aux artifices & s'humilient
pour tromper. Carchenas en cet
endroit s'écria : O vous, qui me
tendez le bout de vos fleches !
Pourquoi dites-vous tant de choses inutiles pour augmenter mon
mal ? Quelle apparence de perfidie trouvez-vous dans une personne blessée comme je le suis ?
Quel fou voudroit souffrir tant
de mal pour faire du bien à un
autre ? C'est, repartit le Vizir,
en quoi consiste la finesse, la
douceur de la vengeance que tu
médite, te fait dévorer tes douleurs ; tu veux te rendre recom-
mandable comme le singe qui
sacrifia sa vie pour sa patrie. Je

conjure le Roy d'écouter cette histoire.

❦❦❦❦❦❦❦❦❦❦❦❦❦❦❦❦❦❦❦❦

# LES SINGES
## ET
# LES OURS.

### *FABLE.*

UN grand nombre de singes demeuroient dans un pays rempli de toutes sortes de fruits, & fort agreable. Un ours passant par hazard, & considerant la beauté de ce séjour & la douce vie des singes, dit en lui-même ; il n'est pas juste que ces petits animaux soient si heureux, pendant que je cours les bois & les montagnes pour trouver dequoi manger. En mê-

me temps il alla vers les singes,
& en tua quelques-uns dans son
dépit ; mais ils se jetterent tous
sur lui ; & comme ils étoient en
très-grand nombre, ils le mirent
tout en sang, de façon qu'il
n'eut pas peu de peine à se sauver. Ainsi puni de sa témérité
il gagna une montagne où il fit
tant de cris, qu'il attira une
troupe d'ours, à qui il raconta
son avanture ; ils se moquerent
tous de lui : Tu es bien poltron,
lui dirent-ils, de te laisser battre
par ces petits animaux ; il ne faut
pas toutesfois souffrir cet affront,
& nous devons nous en venger
pour l'honneur de la nation.
Effectivement à l'entrée de la
nuit ils descendi ent tous de la
montagne, & allerent fondre
sur les singes, qui ne songeoient
à rien moins qu'à l'irruption. Ils
étoient

étoient tous retirez & prenoient
leur repos, lorsqu'ils furent en-
veloppez par les ours qui en tue-
rent une partie, le reste se sauva en désordre. Ce lieu plut
tellement aux ours, qu'ils le
choisirent pour leur demeure;
ils prirent pour Roy celui d'entre eux qui avoit été si maltraité, & après cela ils se mirent à
manger les provisions que les
singes avoient amassées.

Le lendemain au point du
jour, le Roy des singes qui ne
sçavoit rien de tout ce désordre,
parce qu'il étoit à la chasse depuis deux jours; en revenant au
logis, rencontra plusieurs singes
estropiez, qui lui raconterent
tout ce qui s'étoit passé le jour
précedent. Le Roy à cette fâ-
cheuse nouvelle se mit à pleurer
& à regretter le beau trésor

qu'il avoit perdu , accusant le ciel d'injustice , & la fortune d'inconstance, outre cela ses sujets le pressoient de se venger ; de maniere que ce pauvre Roy ne sçavoit de quel côté se tourner. Parmi tous ces singes qui s'étoient ralliez , il y en avoit un nommé Maimon , qui étoit un des plus habiles & des plus sçavans de la cour & le favori du Roy ; voyant son maître triste & ses compagnons consternez, il s'avança & leur dit : Ceux qui ont de l'esprit ne s'abandonnent jamais au désespoir, qui est un arbre qui ne porte que du mauvais fruit , & la patience au contraire , fournit mille inventions pour sortir des plus fâcheux embarras. Le Roy que ce discours rendit plus tranquille, dit à Maimon : Comment pour-

rons-nous avec honneur nous tirer d'une si dangereuse affaire?
Maimon pria sa Majesté de lui
donner une audience secrette, &
après l'avoir obtenue, il parla en
ces mots : Sire , ma femme &
mes enfans ont été massacrez par
ces tyrans; jugez de ma douleur,
de me voir privé pour jamais
des douceurs que je goûtois au
milieu de ma famille. Je suis ré-
solu de mourir pour terminer
mes déplaisirs ; mais je veux que
ma mort soit funeste à tous mes
ennemis. O Maimon , dit le Roy,
on ne souhaite de se venger de
ses ennemis, que pour se procu-
rer du repos ou une satisfaction
d'esprit ; mais quand vous serez
mort, que vous importe que le
monde soit en guerre ou en paix?
Sire, reprit Maimon , dans l'état

H h ij

où je fuis, la vie m'étant infup-
portable, je l'immole avec plaifir au bonheur de mes compagnons. Toute la grace que je
demande à votre Majefté, c'eſt
de vous fouvenir quelquefois de
ma generofité quand vous ferez
rétabli dans vos Etats. Commandez qu'on m'arrache les oreilles
& les dents, qu'on me coupe les
pieds, & puis qu'on m'abandonne la nuit dans le coin de la foreft où nous étions logez. Retirez-vous, Sire, avec ce qui vous
refte de fujets; éloignez-vous
d'ici de deux journées, & à la
troifiéme vous pourrez revenir
à votre palais, parce que les ennemis n'y feront plus. Le Roy fit
avec douleur executer ce que
Maimon defiroit, & le laiſſa
dans le bois, où il ne ceſſa toute
la nuit de faire les plaintes du

monde les plus touchantes.

Le jour étant venu, le Roy
des ours qui avoit oui la voix de
Maimon, s'avança pour voir ce
que c'étoit, & voyant le pauvre
singe en cet état, il en fut touché de compassion malgré son
humeur cruelle ; il lui demanda
qui l'avoit maltraité de la sorte,
& qui il étoit ? Maimon jugeant
par les apparences que c'étoit le
Roy des ours qui lui parloit, le
salua, & lui dit : Sire, je suis le
Vizir du Roy des singes, j'étois
allé à la chasse avec lui, & à
notre retour ayant appris le ra-
vage que votre Majesté avoit
fait dans nos maisons, il me tira
en particulier, pour me demander ce que je croyois qu'il y eût
de meilleur à faire dans cette
conjecture. Je lui répondis sans
balancer, qu'il falloit nous met-

tre sous votre protection pour
vivre en repos. Le Roy mon
maître dit là dessus beaucoup de
chose contre l'honneur de votre
Majesté, ce qui fut cause que
je pris la hardiesse de lui repré-
senter que vous étiez un Roy
couvert de gloire, & plus puissant que lui. Il fut tellement
irrité de mon audace, qu'il me
fit mettre sur le champ dans l'é-
tat où vous me voyez, & puis
il me dit d'un air furieux : Va
avec mes ennemis, puisque tu
tiens leur parti ; je vairai comme ils te vengeront ; après cela
il me fit transporter en cet endroit. Maimon n'eut pas plûtôt
achevé ce discours, qu'il se mit
à répandre des larmes en si grande abondance, que le Roy des
ours en fut attendri, & ne put
s'empêcher de pleurer aussi. Il

demanda à Maimon où étoient les
singes ? Dans un defert nommé
Mardazmay, répondit-il, où ils
amaffent une puiffante armée ;
& je ne doute pas que vous ne
les voyez bien-tôt venir à vous.
Le Roy des ours effrayé de cette
nouvelle, interrogea Maimon
fur les moyens de fe garantir des
entreprifes des finges. Que votre Majefté, repartit Maimon,
ne les craigne point, fi je n'a-
vois pas les pieds rompus, je
m'en irois avec une troupe de vos
gens, & je les mettrois bien-tôt
en fuite. Je ne doute pas, dit le
Roy, que vous ne fçachiez les
avenues de leur camp ; condui-
fez-nous où ils font, nous vous
en ferons obligez, & nous vous
vengerons de leur barbarie. Cela m'eft impoffible, reprit Maimon, parce que je ne puis mar-

cher. Il y a remede à tout, reprit le Roy, & je trouverai bien
une invention pour vous conduire. En même temps il appella
son armée, & lui commanda de
se tenir prête pour partir, & en
état de combattre. Ils obéïrent
tous, & attacherent Maimon
pour leur servir de guide sur la
tête d'un des plus grands ours.

Maimon les conduisit dans le
desert Mardazmay, où il souffloit un vent empoisonné, & où
la chaleur étoit si grande, qu'on
n'y voyoit aucun animal ; quand
les ours furent entrez dans ce
dangereux desert, Maimon pour
les engager plus avant, les pressoit, disant : Allons vîte pour
les surprendre avant le jour. Ils
marcherent toute la nuit ; mais
le lendemain ils furent bien étonnez de se trouver dans un lieu si

funeste ; non-seulement ils ne
virent paroître aucuns singes,
mais ils s'apperçurent que le soleil avoit échauffé l'air d'une
telle sorte, que les oiseaux qui
voloient, tomboient tout grillez;
& le sable y étoit si brûlant, que
les pieds des ours étoient tous
rôtis. Alors le Roy dit à Maimon : En quel desert nous avez-
vous menez, & quel tourbillon
enflammé vois-je venir à nous ?
Le singe voyant qu'ils alloient
tous perir, parla franchement,
& répondit au Roy des ours :
Tyran, nous sommes dans le
desert de la mort, ce tourbillon
qui s'approche est la mort même
qui vient te punir de tes tyran-
nies. Pendant qu'il parloit ainsi,
le tourbillon arriva & les con-
suma tous.

Deux jours après le Roy des

singes retourna dans son palais,
comme lui avoit dit Maimon,
& n'y trouvant plus d'ennemis,
continua de vivre en paix avec
ses guenons.

. Votre Majesté, poursuivit le
Vizir, voit par cet exemple qu'il
ne faut point se fier aux belles
paroles de ses ennemis, il faut
que celui-là perisse qui tâche de
nous faire perir. Ce discours mit
en colere le Roy des hiboux,
qui dit brusquement au Vizir :
Pourquoi voulez-vous empêcher
que ce pauvre misérable éprouve ma clémence ? Ne sçavez-
vous pas que vous pouvez tomber dans le malheur qui lui est
arrivé ? En même temps il commanda à ses chirurgiens de penser Carchenas, & d'en avoir un
soin particulier : Carchenas se
gouverna si bien, qu'en peu de

temps il fut aimé de toute la cour.
Le Roy des hiboux lui donna sa
confiance , & commença à ne
rien faire sans le consulter. Un
jour Carchenas harangua le Roy
en présence d'un grand nombre
de courtisans , & voici ce qu'il
dit : Sire , le Roy des hiboux
m'a si injustement maltraité, que
je ne mourrai point content
que je ne sois vengé. Il y a longtemps que j'en cherche les
moyens dans ma tête ; mais j'ai
songé que je ne puis me venger honnêtement ni surement
tant que j'aurai la figure d'un
corbeau. J'ai oui dire à des hommes d'esprit , que celui qui a été
maltraité par un tyran , s'il fait
quelque souhait, il faut qu'il se
mette dans le feu ; pendant qu'il
y sera tous les vœux qu'il fera
seront exaucez. C'est pourquoi

Je supplie votre Majesté de me
faire jetter dans le feu, afin que
au milieu des flammes je demande à Dieu qu'il me change
en hibou, peut-être qu'il exau-
cera ma priere, alors je sçaurai
bien me venger de mon ennemi.
Le hibou Vizir qui avoit parlé
contre Carchenas, étoit en cette
assemblée, il s'écria : O traître !
à quoi tend ce langage, tu médite une perfidie ? Sire, ajoûta-
t-il, se tournant vers le Roy,
vous avez beau caresser ce méchant, il ne changera jamais de
naturel ; la souris fut métamor-
phosée en fille, & toutesfois elle ne
laissa pas de souhaiter d'avoir un
rat pour mari. Vous aimez fort à
raconter des fables, dit le Roy
en raillant, je consens d'écouter
encore celle-là, mais je ne vous
réponds pas que j'en profite beaucoup.

# LA SOURIS
## changée en Fille.

### FABLE.

UN homme de bien se pro-
menant un jour au bord
d'une fontaine, vit tomber à ses
pieds une souris du bec d'un
corbeau, qui ne la tenoit pas
trop bien. Cet homme par pitié
la prit, & la porta chez lui ;
mais craignant qu'elle ne fît
quelque désordre, il pria Dieu
de la changer en une fille, ce
qui lui fut accordé ; de maniere
qu'au lieu d'une souris il vit tout
d'un coup une petite fille qu'il
fit élever. Quelques années après
le bon homme la voyant assez
grande pour être mariée, lui dit.

choisis dans toute la nature l'être
que tu voudras , je te promets
de te le faire époufer. Je veux ,
répondit la fille, un mari qui foit
fi fort, qu'il ne puiffe être vaincu. C'eft donc, repliqua le vieillard , le foleil que tu demande ?
C'eft pourquoi le lendemain il
dit au foleil : ma fille defire un
époux qui foit invincible , vou-
driez-vous bien l'époufer ; mais
le foleil lui répondit : la nuée
empêche ma force , adreffez-
vous à elle. Le bon homme fit
le même compliment à la nuée ;
le vent , lui dit-elle , me fait aller
où bon lui femble. Le vieillard
ne fe rebuta point , & pria le
vent d'époufer fa fille ; mais le
vent lui ayant repréfenté que fa
force étoit arrêtée par la montagne, il s'adreffa à la montagne :
le rat eft plus fort que moi ,

répondit-elle, puisqu'il me perce
de tous côtez, & pénetre jusques
dans mes entrailles. Le vieillard
enfin alla trouver le rat, qui con-
sentit de se marier avec sa fille,
disant qu'il y avoit longtemps
qu'il cherchoit une femme. Le
viellard retourna au logis, &
demanda à sa fille si elle vouloit
épouser un rat ; il s'attendoit à
la voir témoigner de l'horreur
pour ce mariage, mais il fut bien
étonné quand il vit qu'elle manquoit beaucoup d'impatience d'ê-
tre mariée au rat, le bon homme
aussi tôt se mit en priere, pour
demander que la fille devint
souris, ce qu'il obtint.

Le Roy des hiboux attri-
buant ces remontrances à la ja-
lousie qu'il croyoit que le Vizir
avoit du corbeau, n'en fit guere
de cas. Cependant Carchenas

obfervoit les entrées & les forties
des hiboux , & quand il fut parfaitement inftruit de toutes chofes , il les quitta fecretement &
retourna vers les corbeaux. Il
apprit à fon Roy tout ce qui s'é-
toit paffé , & lui dit : Sire ,
c'eft maintenant que nous pouvons nous venger de nos ennemis ; dans une caverne il y a une
montagne où tous les hiboux
s'affemblent tous les jours , elle
eft environnée de bois , votre
Majefté n'a qu'à commander à
toute fon armée de porter une
grande quantité de ce bois à la
porte de la caverne. Pour moi ,
je me tiendrai auprès , & avec
du feu que j'aurai pris aux caba-
nes des bergers voifins , j'allu-
merai le bois ; alors tous les corbeaux battront des aîles alen-
tour , afin de l'allumer davantage .

ge , ainsi les hiboux qui sortiront seront brûlez des flammes , & la fumée étouffera ceux qui demeureront.

Ce conseil plut au Roy des corbeaux. Il ordonna à tout son monde de partir ; enfin , on fit ce qu'avoit dit Carchenas , & tous les hiboux perirent. On voit par cet exemple qu'il est quelquefois necessaire de se soumettre à ses ennemis , pour en tirer raison. La fable qui suit peut encore en servir de preuve.

# LE SERPENT
## ET
## LES GRENOUILLES.

### *FABLE.*

UN serpent devenu vieux, & foible, & ne pouvant plus chasser, se plaignoit des incommoditez de sa vieillesse, & regrettoit inutilement la force de ses premieres années ; la faim lui fit pourtant trouver ce stratageme pour subsister. Il alla au bord d'une fontaine où demeuroit une infinité de grenouilles qui avoient élu un Roy pour les gouverner. Le serpent affecta d'être fort triste & malade ;

une grenouille lui demanda ce qu'il avoit : J'ai faim, répondit-il ; je vivois autrefois des grenouilles que je prenois, mais je suis présentement si malheureux, que je n'en puis prendre aucunes. La grenouille alla promptement donner avis à son Roy de l'état & de la réponse du serpent. Sur ce rapport, le Roy se transporta lui-même sur le lieu, pour considerer le serpent, qui lui dit : Sire, un jour voulant prendre une grenouille, elle s'enfuit chez un Moine, & entra dans une chambre obscure où dormoit un petit enfant ; comme je suivois ma proie, j'entrai aussi dans la chambre, je sentis le pied de l'enfant, & m'imaginant que c'étoit la grenouille je le mordis, de maniere que l'en-

fant mourut auſſi tôt. Le Moine
irrité de mon audace, me pourſuivit de toute ſa force, mais ne
pouvant me joindre, il demanda
à Dieu que pour me punir de
mon crime, je ne puſſe jamais
attraper de grenouilles, à moins
que leur Roy ne m'en donnât
par charité, & enfin il ajoûta
qu'il ſouhaitoit que je devinſſe
leur eſclave, & que je leur o-
béiſſe. Ces prieres du Moine
ont été exaucées, & je viens
pour me ſoumettre à vous, &
pour obéir à vos ordres, puiſque
c'eſt la volonté de Dieu.

Le Roy des grenouilles le
reçut avec orgueil, & lui dit
fierement qu'il ſe ſerviroit de
lui. Le ſerpent durant quelques
jours porta le Roy ſur ſon dos,
mais il lui dit à la fin : Puiſſant

Monarque, ſi vous voulez que je vous ſerve longtemps, il faut me nourrir, ou je mourrai bientôt de faim. Tu as raiſon, répondit le Roy des grenouilles ; je te donnerai par jour deux de mes ſujets à croquer, ainſi le ſerpent par ſa ſoumiſſion à ſon ennemi, s'aſſura à ſes dépens une nourriture pour le reſte de ſa vie.

Sire, dit Bidpaï, votre Majeſté voit par ces exemples, que la patience eſt une grande vertu pour faire réuſſir un deſſein. Les gens d'eſprit ont raiſon de dire que la prudence vaut mieux que la force, on peut par adreſſe ſe tirer d'un mauvais pas ; mais apprenez qu'il ne faut point ſe fier à ſes ennemis, quelque proteſtation d'a-

mitié qu'ils faſſent. Un ſerpent
ſera toûjours ſerpent. Ce n'eſt
qu'aux vrais amis qu'il faut donner ſa confiance, & il n'y a que
leur commerce qui puiſſe être
utile.

*Fin du Tome ſecond.*

# TABLE

Des Chapitres, Contes & Fables con-
tenus dans cette ſeconde Partie.

# TABLE.

# TABLE.

Fin de la Table.

www.ingramcontent.com/pod-product-compliance
Lightning Source LLC
Chambersburg PA
CBHW050312030726
47505CB00003B/673